老舍

經典新版

牛天賜傳

老舍——著

牛天賜傳

目錄

老舍先生為現代文學史上的大家，
其行文習慣與用語可能與當下的用法不同，
為尊重歷史原貌，本書一律不做改動。

總序

文學星座中，最特立獨行的那一顆星

秦懷冰

上世紀三十年代，由於適值新舊文化、中西思想處於強烈對接和震盪的不安時期，又是白話文學和現代藝術的創作剛好進入多元互激的豐收時期，所以，當時的文壇湧現了一波又一波令人目眩神迷的重要作家和作品。那個時代的文學星空，簡直可謂燦爛輝煌，極一時之盛。

有人認為魯迅、周作人兄弟是那個文學星空中的啟明星與黃昏星，撐起了一整個時代的文采與氣象；也有人認為胡適、徐志摩、梁實秋等「新月派」作者群係屬當時讀者公認的文壇主幹；更有人認為後起的巴金、茅盾、曹禺等左派前衛作家才是那個時代的主流與健將。

然而，無論是日後撰寫現代華人文學史的書齋學者們，或是稍為熟悉三十年代文藝實況的當今讀者們，恐怕沒有人會否認：那個總是刻意避開浮名虛譽，習慣於孑然一身、特立獨行的作家老舍，乃是當時的文學星空中持久熠熠發光的一顆恆星。他的作品所煥發的光輝和熱力，在洶湧起伏的潮流激盪中，撐起了一片人文的、鄉土的、人道的文學園圃。有了老舍的作品，現代華文小說才算是已走向鮮活與成熟。

眾所周知，本名舒慶春的老舍，是世居北京的正紅旗滿洲人，自幼喪父，家境貧寒。正因曾經家世不凡，出生時卻已淪為社會底層，所以他對世態炎涼、人情冷暖的現實社會，早有深刻而切膚的體會。憑著自己特異的天賦和不懈的努力，他青年時代即抓住機會赴英國留學並任教，同時開始文學創作。在英國，他時常尋訪當時的人文重鎮牛津、劍橋，親身接觸了西方現代文藝思潮與技法的奧妙，並與當時炙手可熱的「百花園作家圈」有過互動，故而日後他的創作中極自然地融入了諸多前衛的西方文學因素。返國後，他一往無前地投身文學創作，終身不渝。

老舍的作品，風格相當鮮明而獨特，這是因為：首先，他的語言非常鮮活，正宗北京話中又帶有胡同廝混的鄉土腔，令人一讀之下即難以忘懷。其次，他筆下的人物形象生動，往往只消寥寥幾個場景或動作，即令人如見其人，如聞其聲。尤其，他所抒寫的主角都是社會底層飽經生活折磨的辛苦人，每日須遭風刀霜劍摧折，甚至受傷害、受侮辱，但往往只為了一絲微弱的希望、或一個掛心的人，就不惜忍氣吞聲地活下去。他對人性的深刻挖掘，即是從對都市平民、弱勢群體的理解與同情出發的。

老舍的長篇名著《駱駝祥子》，抒寫從農村來到都市的破產青年祥子，一次又一次掙扎著在現實而勢利的社會中求生存、求上進的艱辛過程，卻因環境和命運的播弄，一次又一次跌倒，其間情節，令人鼻酸。這種人道主義的關懷和刻畫，正是老舍作品最動人的特色。他的短篇名作《月牙兒》，描述一位天真可愛的小姑娘，從七歲起就生活顛沛困頓，與母親相依為命，然因母親患病，她不得不面對人世間種種的冷眼和苛待，最終陷入不堪的命運；這篇小說，近年被拍成電視劇，播出後萬千觀眾為之淚奔。

至於老舍的長篇小說《四代同堂》，刻畫一個大家族內種種相呴以濕、相濡以沫的人際呵護，以及樁樁利益傾軋、誤會齟齬的恩怨情仇，猶如一幅有倫有脊、大開大闔的都市生活風情畫，委實是大師手筆。而他的話劇名著《茶館》，透過一個歷經清末戊戌變法流血、民初北洋軍閥割據、國民政府施政失敗這三大時代鉅變的古舊茶館，反映了半個世紀中國動亂與傾覆的情狀；藉由茶館裡人來人往、匯聚了三教九流各路人馬的場景，以高度的藝術概括力，生動地展示了中國近代史和現代史滄桑變幻的社會縮影。老舍早年在英國曾悉心觀摩和鑽研西方現代話劇的展演，他的《茶館》更融合了他對華人社會與歷史的反思，精采迭出，無怪乎成為歷久不衰的名劇，直到現在，老舍的《茶館》每次演出，仍然轟動遐邇，觀眾人山人海。

老舍在瘋狂的文革時代，為了保持一己基本的人性尊嚴，不惜自沉於北京太平湖，以示無言的抗議。時至今日，他已被公認是大師級的作家，同時被定位為華人文學中「都市平民的代言人」，因為老舍從來不願、也不屑去抒寫北京城裡的豪門富戶、達官貴人，他只關心活生生的、辛苦掙扎的底層平民。正是這種終身不渝的人道主義情懷，和由此情懷所陶冶、所匯聚出來的文學造詣與藝術感性，使我們認為，即使在出版文學作品在書市簡直可謂相當困難的當前時刻，仍一定要出齊老舍的代表作，以向文學星座中這顆特立獨行的閃亮星宿致意！

一　天官賜福

要不是賣落花生的老胡，我們的英雄也許早已沒了命；即使天無絕人之路，而大德曰生，大概他也不會完全像這裡所要述說的樣子了。

機會可以左右生命，這簡直無可否認，特別是在這天下太平的年月。他遇上老胡，機會；細細地合算合算，還不能說是個很壞的機會。

不對，他並沒有遇上老胡，而是老胡發現了他。在這個生死關頭，假如老胡心裡一彆扭，比如說，不愛多管閒事，我們的英雄的命運可就很可擔心了。是這麼回事：在這個時節，他無論如何也還不會招呼老胡或任何人一聲，因為他是剛降生下來不到幾個鐘頭。這時候他要是會說話，而很客氣地招呼人，並不見得準有他的好處；人是不可以努力太過火的。

老胡每天晚上繞到牛宅門口，必定要休息一會兒。這成了一種習慣。他準知道牛氏老夫婦決不會照顧他的；他們的牙齒已過了嚼糖兒豆兒的光榮時期。

可是牛宅的門洞是可愛的，潔淨而且有兩塊石墩，正好一塊坐著，一塊放花生筐子，好像特為老胡預備下的。他總在這兒抽袋煙，歇歇腿，並數一數銅子兒。有時候還許遇上避風或避雪的朋友，而閒談一陣。他對這個門洞頗有些好感。

我們的英雄出世這一天，正是新落花生下市的時節，除了深夜還用不著棉衣。天可是已顯著短了；北方的秋天有這個毛病，剛一來到就想著走，好像敷衍差事呢。大概也就是將到八點吧，天已然很黑了，老胡繞到「休息十分」的所在——這個辦法不一定是電影院的發明。把筐子放好，他掏出短竹管煙袋；一劃火柴，發現了件向來沒有在那裡過的東西。差點兒正踩上！

正在石墩前面，黑糊糊的一個小長包，像「小人國」的公民旅行時的行李捲，假如小人國公民也旅行的話。又犧牲了根火柴，他看明白了——一個將來也會吃花生的小傢伙。

老胡解開懷就把小行李捲揣起來了。遇到相當的機會，誰也有母性，男人胸上到底有對掛名的乳啊。顧不得抽煙了，他心中很亂。無論是誰，除了以殺人為業的，見著條不能自己決定生還是死的生命，心中總不會平靜。

老胡沒有兒女，因為沒娶過老婆。他的哥哥有兒子，但是兒子這種東西總是自己的好。沒有老婆怎能有兒子呢？實在是個問題。輕輕地拍著小行李捲，他的心中忽然一亮，問題差不多可以解決了：沒有老婆也能有兒子，而且簡單得很，如拾起一根麻繩那麼簡單。他不必打開小行李捲看，準知道那是個小男孩，私生的小孩十個有八個是帶著小麻雀的。

繼而一想，他又為了難：小孩是不能在花生筐子裡養活著的，雖然吃花生很方便，可是一點的小娃娃沒有牙。他歎了口氣，覺得做爸爸的希望很渺茫。要做爸爸而不可得，生命的一大半責任正是竹籃打水落了空！

不能再為自己思索了，這太傷心。

假如牛老夫婦願意收養他呢？想到這兒，老胡替小行李捲歡喜起來。牛老夫婦是一對沒兒沒女而頗有幾個錢的老絕戶，這條街上誰都知道這個，而且很有些人替那堆錢不放心。

他拍門了，正趕上牛老者從院裡出來。老胡把寶貝獻出去。牛老者是五十多歲的小老頭，不怎麼尊嚴，帶出來點怕太太的精神，事實上也確是這樣。老者接過小英雄去，樂得兩手直顫：「在這兒撿起來的？真的？真是這裡？」

老胡蹲下去，劃了根火柴，指明那個地方。老者看了看，覺得石墩前確有平地跳出娃娃的可能：「只要不是從別處拾來的就行；老天爺給送到門上來，不要就有罪，有罪！」可是，「等等，我請太太去。」

老者知道——由多年的經驗與參悟——老天爺也大不過太太去。他又捨不得放下天賜的寶貝，「這麼辦好不好，你也進來？」於是大家連同花生筐子一齊進去了。

牛老太太是個五十多歲，很有氣派的小老太太，除了時常溫習溫習欺侮老頭兒（無論什麼都是溫故而知新的），連個蒼蠅也捨不得打死——自然蒼蠅也得知趣，若是在老太太溫習功課的時節飛過來，性命也不一定安全，老太太在動氣的工夫手段也頗厲害。

老者把寶貝遞給了太太。到底太太有智慧，曉得非打開小卷不能看清裡邊的一切。一揭開上面，露出個紅而多皺的小臉，似乎活得已經不大耐煩了。老太太的觀察力也驚人：「喲！是個小娃娃！」越往下看越像小娃娃，可是老太太沒加以什麼批評（真正的批評家懂得怎樣謹慎）。直到發現了那小小的男性商標，她才決定了：「我的小寶貝！」這個世紀到底還是男人的，雖然她不大看得起牛老者。

「咱們，咱們……」老者覺得非打個主意不可，可是想不出；即使已想出，也不便公然建議。

「哪兒來的呢？」老太太還不肯宣佈政策，雖然已把娃娃揣在懷中。

老者向老胡一努嘴：遠來的和尚會念經。

老胡把寶物發現的經過說了一番，而後補上：「我本想把他抱走，我也沒有兒子，可是老天爺既是把他送到府上來了，我怎能逆天行事呢！」他覺出點替天行道的英雄氣概。

「你也看明白了那個地方？」老太太向老頭兒索要證據。

「還摸了摸呢，潮滲滲的！」老者確知道自己不敢為這個起誓。

「真是天意，那麼？」老太太問。

「真乃天意！」兩位男子一齊答對。

這時候，第三位男子恐怕落後，他哭了。在決定命運的時機，哭是必要的。

「寶貝，別哭！」老太太動了心，「叫，叫四虎子找奶媽去！」

老胡看明白，小行李捲有了吃奶的地方；人生有這麼個開始也就很過得去了。他提起花生筐子來，可是被老太太攔住：「多少次了，我們要抱個娃娃，老沒有合適的；今天老天爺賞下一個來，可就省事多了。可是，不許你到外邊說去！哼。」她忽然靈機一動，又把小行李卷抱出來，重新檢查，這回是由下面看起。果然發現了，小細腿腕上拴著個小紙片。

「怎樣！」老太太非常地得意。

老頭兒雖沒有發現的功績，但有識字的本事，把小紙片接過去，預備當眾宣讀。老者看字大有照相的風格，得先對好了光，把頭向前向後移動了好幾次。光對好了，可是，「嗯？」又重新對光，還是「嗯，怎麼寫上字又抹去了呢？」

老太太不大信任老伴兒的目力，按著穿針的風格，噘著唇，皺著眉，看了一番。果然是有字又抹去了。

什麼意思呢？

「看看後邊！」老太太並非準知道後邊有字，這是一個習慣——連買柿子都得翻過來看看底面。

後面果然也有字，可是也塗抹了。

「這個像是『馬』字。」老者自言自語地猜測。

老胡福至心靈，咂摸透了點意思：「不是男的，就是女的，總有一個姓馬的；誰肯把自己的娃娃扔了呢，所以寫上點字兒；又這麼一想啊，不體面，所以又抹去了：就好像牆上貼了報單兒，怪不好看的，用青灰水抹抹吧，一個樣；大概呀，哼，有難說的事！」老胡為表示自己的聰明，話來得很順暢；可是忽然想起這有點不利於小行李卷，趕緊補充上：「可也不算什麼，常有的事。」還覺得沒完全轉過彎兒來，正要再想，被老太太接了過去：

「有你這麼一說！」

老胡覺得很對不起小行李捲！

可是老太太照舊把娃娃揣起去了，接著說：「雖然是老天爺賞的，可並不像個雪花，由天上掉下來；他有父母！要不怎麼我囑咐你呢，你聽過《天雷報》？這是一；我們不願以後人家小看他，這是二。你別給喧嚷去。給他十塊錢！」末一句是對牛老者下的令。

十塊錢過了手，老者聲明：「六塊是太太的，四塊是我的。」

老胡怪不好意思的，抓了把花生放在桌上：「山東人管花生叫長生果，借個吉利，長命百歲！」

老太太聽著很入耳：「再給他十塊，怪苦的，只要別上外邊說去！」

老胡起了誓，決不對任何人去說。於是十塊錢又過了手，照樣是「太太的六塊，我的四塊」。

老胡走了。

「四虎子這小子上哪兒玩去了?!」老者找不到四虎子，「我去，我自己去！」

「找不到奶媽就不用回來，聽明白沒有？」老太太鼓勵著老伴兒。

「找到天亮也得把她找著！」老者也很願努力。

老者走後，老太太細看懷中的活寶貝，越看越愛。老太太眼中沒有難看的娃娃，雖然剛生下來的娃娃都那麼不體面。嘴上有個肉崗，這便是高鼻樑。

看這一腦袋黑頭髮，其實未必有幾根，而且絕對的不黑。眼睛，更不用說，自古至今向無例外，都是大的。老太太的想像是依著慈愛走的，在看娃娃的時節。

拍著，逗著，歪著頭看，牛老太太樂得直落淚。五十多歲有了兒子！而且是老天爺給放在門口的。就說是個丫環或老媽子給扔在這兒吧，為什麼單單扔在「這兒」，還不是天意？這一層已無問題。然後盤算著：做什麼材料的毛衫，什麼顏色的小被子，裁多少塊尿布。怎樣辦三天，如何做滿月。也就手兒大概地想到：怎樣給他娶媳婦，自己死了他怎樣穿孝頂喪……

可是，怎麼通知親友呢？一陣風由天上刮下個娃娃，不大像話。拾來的，要命也不能這麼說，幸而四虎子沒在家，又是天意，這小子的嘴比閃還快。老劉媽，多麼巧，也出去了，她的嘴也不比閃慢。兩條閃都沒在家就好辦了，就說是遠本家承繼過來的——在很遠很遠的地方住。不對，住得那樣遠，怎能剛落草就送到了呢？近一些吧，剛生下來，娘就死了，不能不馬上送來，行；可憐的小寶貝！

叫什麼呢？「天意」「天來」，都不好。「天來」像當鋪的字號；「天意」，不是醬園有個「老天義」嗎？天——反正得有個天，「天官賜福」，字又太多了。哼，為什麼不叫「天賜」呢？小名呢，「福官」！老太太一向佩服金仙庵的三位娘娘，而不大注意孔聖人，現在更不注意他了。

這樣，我們的英雄有了準家準姓準名。

二　歪打正著

合起來說，咱們算是不曉得牛天賜的生身父母是誰。這簡直是和寫傳記的成心作難。跑馬場上的名馬是有很詳細的血統表系的；咱們的英雄，哼，自天而降！怎麼，憑著什麼，去解釋與明白他的天才、心力與特性等等呢？這些都與遺傳大有關係。就先不提這些，而說他的面貌神氣；這也總該有些根據呀。眼睛像姥姥，一笑像叔父，這才有觀念的聯合，而聽著像回真事兒。人總得扛著歷史，牛必須長著犄角。咱們的英雄，可是，像塊浮雲，沒根兒。

怎麼辦呢？

只有兩個大字足以幫助我們——活該。

這就好辦多了。不提人與原始阿米巴或星雲的關係，而乾乾脆脆賣什麼吆喝什麼。沒家譜，私生子，小行李捲，滿都活該。反之，我們倒更注意四外敲打這顆小小的心的東西是什麼。因為這些是有案可查，一個蘿蔔一個坑的。沒有猜測，造謠，與成見的牛老夫婦，四虎子，小毛衫，尿墊子……是我們不敢忽略的；這些便是敲打那顆小心的鐵錘兒們。遺傳，在「心」的鑄造上，大概不見得比教養更有分量。咱們就順著這條路走吧，先說說牛老者。

世上有許多不容易形容的人，牛老者便是一個。你剛把光對好，要給他照了，他打個哈欠；幸而他沒打哈欠，照上了；洗出來一看，他翻著白眼呢。他老從你的指縫裡偷著溜開。你常在介紹醫生、神相麻子豐等等的廣告中看到他的名字，你常在大街、廟會、股東會議、商會上遇見他，可是他永遠不惹你特別注意他。老那麼笑不唧的，似乎認識你，又似乎不大認識；有時候他能忘了自己的姓，而忽然又想起來。

你似乎沒聽過他說話，其實他的嘴並沒閑著，只是所說的向無打動人心的時候；他自己似乎也知道：他說不說，你聽不聽，都沒關係。他有時候彷彿能由身裡跳出來，像個生人似的看看自己，所以他不自傲，而是微笑著自慰：「老牛啊，你不過是如此。」

自然他不能永遠這樣，有時候也很能要面子，擺架子。可是擺上三五分鐘，自己就覺出底氣不足，而笑著拉倒了；要不然牛太太怎會占了上風呢。假若他是條魚，他永遠不會去搶上水，而老在泥上溜著。

這可並非是說，他是個弱者，處處失敗。事實上，他很成功。他不曉得怎麼成的功。他有種非智慧的智慧，最善於歪打正著。他是雲城數得著的人物。當鋪、煤廠、油酒店，他全開過，都賺錢。現在他還有三個買賣。對什麼他也不是真正內行，哪一行的人也不誠心佩服他。他永遠笑著「碰」。可是多少回了，這種碰法使金錢歸了他。

別人誰也不肯要的破房，要是問到了他，恰巧他剛吃完一碗順口的雞絲麵，心裡怪舒服：「好吧，算我的吧。」這所破房能那麼放個七八年，白給人住也沒人去，因為沒有房頂。可是忽然有那麼一天，有人找上門來，非要那塊地方不可，只有那塊地方適於開醫院。他賺了五倍的錢。「好吧，算你的了。」他一笑，沒人知道這一笑的意思是什麼，他自己也不知道。

他有這麼種似運氣非運氣，似天才非天才，似瞎碰非瞎碰的寶貝。他不好也不壞，不把錢看成命，可是洋錢的響聲使他捨不得胡花。他有一切的嗜好，可是沒癮。戲的好歹，他一向不發表意見；聽就聽，不聽也沒什麼。酒量不大，將要吃過了量的時候也不怎麼就想起太太來，於是沒喝醉，太太也沒跟他鬧，心裡很舒坦。煙是吸哈德門牌的，吸到半截便掐滅，過一會了再吸那半截，省煙與費火柴成了平衡；他是天生的商人。

就是沒兒子，這個缺點，只有這個缺點，不能以一笑置之。可是當太太急了的時候，他還得笑：「是呀，是呀，我沒只怨你呀，兩人的事，兩人的事。」一分擔了一半過錯，太太也就不便趕盡殺絕，於是生活又甜美起來──太太不生氣，兒子只好另說吧。然後睡得很好，在夢裡聽說麥子要長價，第二天一清早便上了鋪子，多收麥子。果然又賺了一筆。

牛老者的樣子不算壞，就是不尊嚴，圓臉，小雙下巴，禿腦頂，鼻子有點趴趴著，腦面很亮，眼珠不大靈動，黃短鬍子，老笑著，手腳短，圓肚子，搖動著走，而不揚眉吐氣，渾身圓滿而缺乏曲線，像個養老的廚子。衣服的材料都不壞，就是袖口領邊的油稍多，減少了漂亮。帽子永遠像小著一號，大概是為脫帽方便，他的愛脫帽幾乎是種毛病。一笑，手便往帽沿上去了；有時候遇上個好事的狗，向他擺尾，他也得摸摸帽沿。每一脫帽，頭上必冒著熱氣，很足引起別人的好感——揭蒸鍋似的脫帽，足見真誠。

有兩條路他可以走：一條是去做英國的皇帝，一條是做牛老者。他採取了這第二條，唯一的原因是他沒生下來便是英國的皇太子；要不然他一定能做個很好的皇帝，不言不語的，笑嘻嘻的，到國會去說話都有人替他預備好了。

說真的，假如牛老太太是他，而他是牛老太太，他一定會成個更大著許多的人物。可是老天爺常把人安排錯了，而歷史老使人讀著起急。牛老太太比他厲害得多，可是偏偏投了女胎，除了欺侮老伴兒，簡直沒有英雄用武之處。她天生的應當做個英雄，而做了個主婦。自然她看不起丈夫。她頂適於做英雄了，第一項資格她有——自私。世界是為她預備下的。可惜她的世界太小。但是在這小世界裡，她充分地施展著本領。

四虎子是她的遠親，老劉媽是她從娘家特選了來的。不跟她有點關係的不用打算在牛宅立住腳。牛老者不是她由娘家帶來的，這是個缺點，可是不好意思隨便換一個，那太不官樣。她很看不起牛老者。不錯，他弄了不少的錢；但是她要是個男的，豈止是弄錢；聲名，地位，吃喝玩樂，哪樣也得流水似的朝著她來。跟老牛一輩子，委屈點。他沒有大丈夫的狠毒手段，只是對付將就。他的朋友們吃他喝他，還小看他。所以除了她娘家的人，她向來不肯熱誠地招待。一把兒土豆子——她形容他的朋友們。她的娘家是做官的。雖然她不大識字，她可是有官氣。她知道怎樣用僕人，怎樣講排場，怎樣講身分。他都不懂。也就是做官的娘家父親死了，要不然她簡直沒法回娘家去。帶著土豆子的丈夫見做官的父親？丟人！當初怎說這門子親事來的？她常常納悶。

她很希望得個官樣的兒子——拿老牛的錢，拿自己的理想，一定會養起個體面兒子。可是老牛連得兒子的氣派都沒有！他早就想弄小。有她活著，趁早不用這麼想。她不生兒子，誰也不用打算偏勞。

抱一個小孩解解悶，倒是個辦法。可是難處是在這裡：他願抱牛家的，她願抱娘家的。她的理由軟點，所以消極地不准他自由選擇，暫且不抱好了。天賜的露面，解決了這個困難。他好像專為牛家生的。

牛老太太把他一抱起來，便決定好了：在這小子身上試試手，成個官樣的兒子。私生子，稍差一點；可是自己已經五十多了，恐怕不易再生小孩了；況且牛老者那個怯勁。算了吧，老絕戶還有抱個哈巴狗當孩子養的呢，況且這是個真正有鼻有眼的小孩。天賜的機會太好。

牛老者上哪裡去找奶媽呢？他完全沒個準備。可是他不慌。幾十年了，他老是這麼不慌不忙的；沒有過不去的事。這種辦法，每每使牛老太太想打他幾個脖兒拐。她有官氣——世界上的一切是為她預備好的，一招手就得來，什麼都有個適當的地方，一絲不亂地等候著命令。老頭兒沒這麼想過；世界便是個土堆，要什麼得慢慢地去撥開土兒找，還不一定找得到。難怪老太太有時候管他叫作皮蛋，除了怕做賠了買賣，他無論怎說也不著急。

有時候太太告訴他去買胰皂，他把手紙買了來。忘了這樣，拿那樣補上，還不行麼？據他看。他非常地樂觀。這回，他可是記得死死的，找奶媽。手紙、胰皂，連洗臉盆算上，都不能代替奶媽。走出二里多地，還沒忘了這個；可是也沒想起上哪裡去找。誰知道有些地方是介紹奶媽的，只是想不起那些地方在哪兒。點上哈德門煙，噴了一口，順勢看了看天上的星。星星對他是沒有意義的，可是使他想起太太的眼睛來；太太的眼睛是無所不知，無所不在的。他得趕快去找奶媽，完全不為自己，為是太太與那個小行李捲；要是為自己的話，找著與否滿沒關係。

找著個熟識的油鹽店，進去打個招呼。有好多的事是可以在不可能中找出可能的，只要你糊塗與樂觀得到家。牛老者常因為忘了買煤，而省下許多錢；想起來不是，煤忽然落了價錢。進了油鹽店，彷彿奶媽已經找到了似的。

「周掌櫃，」牛老者的圓臉上笑著，「給找個奶媽。」

「怎麼，得了少爺？」周掌櫃覺得天下最可喜的事就是得少爺。

「抱來的，承繼過來的，」牛老者很得意，沒有說走了嘴，「給找個奶媽去。今個，明兒，後天，後天請你喝喝。」

周掌櫃想了想，看看鋪中，覺得鋪中絕對沒有奶媽，非到外邊去找不可。

「你這裡坐坐，我有辦法。」他出去了，一晃似的被黑影給吞了去。

牛老者吸著哈德門，煙灰長長的，欲落不落，他心裡正似這穗煙灰，說不清落下去還是不落下去好，臉上自動地笑著。

待了一會兒，周掌櫃回來了，帶著兩個婦人。

牛老者心中打起鼓來，是找一個奶媽呢，還是找一對兒呢？出來得慌速，忘了問太太。

及至周掌櫃一說，他明白過來，原來這兩個婦人不都是奶媽，那個長得像驢的是介紹人。他覺得這似乎沒有別的問題了：「走吧。周掌櫃，後天請你喝喝。」

「上哪兒去？」驢叫了聲。

差點把老者問住，幸而他沒忘了家：「家去，小孩沒在這裡。」

「咱們不先講講嗎？」驢向周掌櫃說。

「都是熟人。」周掌櫃很會講話。

「見了太太，什麼都好辦，」牛老者渴望卸了責任，睡個覺去，「跟太太說去。」

「在哪兒呀？這麼黑燈瞎火的！」這個驢不是好驢。

「雇車吧。」周掌櫃建議。

「是，雇車。」牛老者慢慢點了點人數，「大概得三輛吧。」

到了家中，他把二婦人交給了太太。

太太見著驢，精神為之一振，她就是愛和這種婦人辦交涉，為是磨磨自己的智力。驢，跟太太過了三五個回合，知道遇上個能非常地慈善，同時眼裡又不藏沙子的主。沒等她說，太太全交派下來：「有你三塊錢的喜酒錢。她奶得好，先試三天。行呢，有她四季衣裳、一頭銀首飾。五塊錢的工錢，零錢跟老劉媽平分。不准請假，不准有人來找。現在就上工。你把她的東西送來，雇來回的車！」

驢一看這面沒有多少油水，想去敲那個奶媽，扯了她袖子一下。老太太已把天賜遞給奶媽，對驢說：「你從她的工錢裡扣多少？」「回太太的話，她吃了我好幾天了；都不容易，太太。」「好吧，賞你十塊錢，從此不許你來找她，我要用著你的時候，打發人叫你去。」太太的官派簡直是無懈可擊。

驢敗下陣來，可是知道自己並沒吃虧，太太的辦法正碰在癢癢筋上。

驢回去收拾奶媽的東西，太太才開始審核奶媽。奶媽的用處是在那點奶，奶好便是一切，臉長得什麼樣，腳有多麼長，都不成問題。

奶媽已經解開懷，兩個大口袋乳。太太點了點頭。臉上也沒有什麼下不去的地方：本來是張長臉，不知怎麼發展到腮部又橫著去了，鼻下忽然接著嘴，嘴下急忙成了下巴，於是上長下寬，嘴角和眉梢一邊兒長，像被人按了一下子的高椿饅頭。可是這與奶沒關係，故而下得去。腳不小，腳尖向上翻著，老像要飛起來看看空中有什麼。這與奶也沒關係，也下得去。

「姓什麼呀？」太太問。

「唵？姓紀啊。」大扁嘴要順著腮滑下去，樂呢。

太太更高興了，紀媽是初次做事。訓練人是一種施展能力而且不無趣味的工作。太太開始計畫著怎樣訓練奶媽。

「家裡都有什麼人呀？」

「唵？」

「不必說這個唵！」

「有老的，有當家的，有小叔，有一個兩月的娃子，沒飯吃！」

紀媽的鼻子抽了抽。

「給他吃吃看。」牛太太很替奶媽難過，可是天賜總得有奶吃，人是不能慈善得過火的。

天賜的小嘴開始運動，太太樂了。天賜有了奶吃，紀媽的娃子沒了奶吃，合著是正合適。況且鄉下的娃子是容易對付的。「哪村的？」

「唵？」

「說太太，不要這個唵！」

「十六里鋪的。」

「哪個十六里鋪？」

「黃家鎮這邊。」

「鄉——」太太把個「親」字吞了下去。不能和奶媽認鄉親。可是心裡非常地喜歡。就是得清一色，打算齊家治國平天下都是一理。

「我說，」太太一邊叫，一邊找了牛老者去，「我說，你打哪裡找來的奶媽呀？」太太不放心：假若老伴兒特意找來她的鄉親，即使是出於有意討好，也足見他心裡有個數兒。

「怎麼啦？」老頭兒不曉得出了什麼毛病，「周掌櫃給找的。」

「啊，沒什麼。」太太想著別的話，「我給他起了個名字，天賜；小名福官，天官賜福。」

「天官賜福？很好！」

天賜大概是有點福氣，什麼都是歪打正著嘛。

三　子孫萬代

牛老太太的黃淨子臉上露出點紅，不少的灰髮對小髻宣告了獨立，四下裡耷拉著。一對陷進點去的眼發出沒盡被控制住的得意的光，兩隻小腳故意地穩慢而不由得很忙叨。她得住了個施展才能的機會；英雄而得不到相當的機會，像千里馬老拴在槽前。她預備天賜的三天呢，這與其說是為天賜，還不如說是為她自己；辦三天不辦，天賜一點也不在意，反正他有了紀媽那兩口袋奶，還有什麼可慮的呢。

牛老太太得露一手。多少年了，老沒個事兒辦，這個機會不能輕易放過。帶領著老劉媽、四虎子和牛老者，她擺開了陣勢。牛老者不反對，可是沒想到事情會這麼複雜。他以為辦三天不過是請上幾家親友，叫廚子做上幾桌魚肉多而吃完非睡覺不可的菜而已。太太告訴他的事，他簡直莫名其妙。事多了去了，拿叫廚子這一項說，就夠寫一本書的。幾件小燒，幾個飯菜，幾件冷葷，幾道點心，幾個大件，哎喲，太太好像是要開飯館子。菜定好，登時就是怎樣賃桌椅，而桌椅上還要鋪墊呢，而鋪墊也有種種呢。牛老者做了一輩子生意了，沒有一項生意像辦三天這麼複雜的。他的腦子彷彿要腫起來，直嗡嗡地響；只能照計而行，太太說什麼是什麼吧。太太有嘴，他有腿，跑吧。跑得太累了，他會找個地方睡會兒去，省得回到家中又被派出來。太太手下的幾員大將，數他不中用。

老劉媽，別看快七十了，是非常的努力。一夜的工夫把桌子的銅件全擦得像電鍍的，椅墊子全換了新套。她的腳太吃力，可是有摔幾個跟頭也不灰心的堅決。她的眼雖都睜著，可是左邊那隻和瞎了一樣，只管流淚，不負其他一切的責任。但這不成問題，左眼不中用，右眼便加倍地努力：歪著頭，用右眼盯著東西，擦，洗，縫，補，嘴還唧唧地出聲，頗像小雞歪頭出神的樣子，可是沒閑著。她不能閑著。她得捧姑奶奶一場。

劉媽打內，四虎子打外，這小子的腿好似是機器。從一方面說，牛太太對他很失望。他從十二歲便在牛宅，太太本想把他訓練成個理想的僕人。四虎子乾脆不受訓練。二十歲了，還是用嘴呼吸氣，鼻子只管流清湯。說話永遠和打架一樣，沒有一句和氣的。眉頭子擰著，冬夏常青的腦門上出著汗。在另一方面講，牛太太不能免他的職。他是她的親戚，況且他忠實。辦事不漂亮，可是不惜力呢；為買一斤白糖，他能來回跑六趟。這雖然費點工夫，可是跑的是他的腿，太太也就不便太挑剔了。他永遠不等聽明白了就往外跑，而後再跑回來問，要不然怎麼老出汗呢？

紀媽以奶娃娃為正業，所以太太沒派她什麼別的差事。可是奶娃娃也得有個樣兒，得加緊訓練。怎樣抱娃娃，怎樣稱呼人，怎樣立著，太太一絲不苟地全教導下來。兩天的工夫，紀媽的腳尖居然翻得減少了度數，而每一張嘴會想把「俺」改成「太太」。穿上了新藍布褲褂，頭也梳整齊，除了嘴角還一時緊縮不來，看著實在有個樣子了。

至於咱們的英雄，也真算露臉，吃得香，睡得好，尿得勤，哭得聲高，彷彿抓住了生命而要及時地享受。他一哭，六隻小腳全往這兒跑，紀媽先到，太太居中，劉媽殿後。一人有一種慰問，可是他全置之不理，任情地哭下去，直到口袋乳送到唇邊為止。他曉得他是英雄，是皇帝。

三天到了。老鴉還做著夢呢，牛家的人就全起來了。世界上的人雖多，但是自家添人進口到底是了不得的事。細想起來，只要你注意自家的事，也就沒那麼大工夫再管世界了。牛老太太的自私是很有理的。一個娃娃的哭聲使全家顫動，必須充分地熱鬧一回，孩子哭繼以狗咬，生活才落了實。牛老太太高興，她的兒子必須是全家大小與親戚朋友的欣喜的中心。

她自己打扮停妥，開始檢閱部下：牛老者的馬褂沒扣好，首先挨了訓斥。四虎子的耳朵上竟然還有泥，男人簡直沒辦法！老劉媽都好，就是直打哈欠；太太本想叫大家早起，為是顯著精神，敢情有的人越早起越不精神；理想與事實常這麼擰股著。紀媽很不壞，就是不大喜歡，大概是想起自己的娃娃；這是她自己找別扭。天賜還睡呢，可是全份武裝在半夜裡已經披掛好：全是新的，頭上還戴了小紅帽，帽沿上釘著金壽星，看著十分的不自然，可是很闊氣。

檢閱完畢，天還沒亮呢。借著燭光，太太指揮著陳列禮物。牛老者的朋友大多數是商人，送來的多半是鏡框和對聯。鏡框中的彩畫十張有九張是「蘇堤春曉」，柳樹真綠，水真藍，要是不從藝術上看，顏色的濃厚倒頗有可取；蘇堤上立著個打洋傘的大姑娘，比柳樹高著一頭，據牛老者看這很有畫意。框子可是不同，有的是斑竹的，有的是黑木頭的，有的是漆金的。太太把漆金的定為頭等，叫四虎子給掛在堂屋的正面，其餘的分懸左右。對聯都像是一個人寫的，文字也差不多，最多的是「買賣興隆通四海，財源茂盛達三江」。這都掛在東西屋；太太不大喜歡對聯，因為與小娃娃沒關係。到底是親戚送來的切於實用，小衣裳、小帽子、小鞋，還有幾匣衣料。

按著規矩說，應當送小米雞蛋糕與黑糖，可是大家都知道既非牛太太坐月子，似乎不必這樣送。牛太太也很滿意。自己既享用不著，都便宜了紀媽，那才合不著呢。這些禮物都擺在堂屋的條案上。陳列妥當，廚子到了，開始剁肉，聲勢浩大，四鄰的識見不廣的狗全叫起來。牛老太太歎了口氣，這才像回事。打算叫自家威風凜凜，得設法使狗們叫，這才合規矩。

老劉媽的手指全是紅的，染了多少紅蛋，幾乎沒人能知道。雞蛋設若會覺到驕傲的話，這是最好的時機了。就是那小而不起眼的蛋，塗得紅紅的便也登時顯著特別的體面。況且那些平常和「蛋」發生關係的字眼，在此刻全似乎沒有聯屬，而另有一些以「紅」為中心的吉利話兒和它打成一氣。老劉媽把染好的蛋都放在銅盤子上，像幾盤子什麼神秘的寶珠，鮮豔、濃厚、圓滿，帶著子孫萬代的祥氣。紅蛋預備好，她和太太細心地研究了一番，把洗三該有的東西，如艾子水，如老蔥，如帶孔的老錢，如燒礬末，全都放在天賜的左右，看起來非常的嚴重，彷彿生命的開始比一師人馬的開拔還要複雜，在一條小生命上的希望是無窮無盡的。

八點以後，親友陸續地來到。牛老太太接待親友的神氣很值得注意。她的態度便是慈善的本身，笑著，老眼裡老像含著點淚光，帶出非常感激大家的意思。及至細一看，她是對自己笑呢。她覺到自己的能力，她是叫大家看看她的本事與優越。對那些窮苦一點的親友，她特別地謙和，假如他們是借了債而來行人情的，那正足以證明她的重要與他們的虔誠。是的，她並沒有約請這些苦親友，而他們自動地趕上前來。無論怎樣為難，他們今天也穿得怪乾淨，多少也帶來些禮物，她沒法不欣賞他們的努力——非這樣不足算要強的人。

王二媽的袍子，聞也聞得出，是剛由當鋪裡取出來的；當然別的物件及時地入了當鋪。李三嫂的耳環是銀白銅的。張六姑的大襖是借來的，長著一寸多。牛老太太的眼睛把這些看得非常的清楚；很想獎勵她們一番，可是她的話有分寸：「哎，沒敢驚動親友；這怎說的，又勞你的駕；來看看小孩吧。」

她心裡明白——「本來沒想請你們。」她們也明白，可也另有一派答對：「應該的呀，給你來賀喜；要不是那個呀，昨天就來幫助你張羅了；都仗著你一個人，可真不容易！」

說著，來到天賜的展覽室，大家一齊失聲地「喲！怎麼這麼胖呀，多體面呀，可是個福相！」

屋裡已坐定七八位老太婆與媳婦，把天賜團團圍住，差不多都吸著煙捲，都誇獎著天賜的福相，都高聲彼此地招呼，都嘴裡談著娃娃，而眼中彼此端詳著衣裳打扮。屋裡的溫度忽然增高十攝氏度。後來的繼續進來參觀，先來的決不想讓位；特別是有些身分的人，乾脆坐在娃娃的身旁，滿有自居子孫娘娘的氣概。天賜莫名其妙，只覺得憋悶得慌，再也不能安睡，小眼睛直眨巴，這使大家更加倍地佩服：看這倆大眼睛，懂事似的！

男賓，除了至親，沒有詳細參觀娃娃的權利，都在東西屋裡專等著喝喜酒。牛老者的招待方法與太太的完全不同，絕對沒有一定的主意。他想不起說什麼好，又覺得一言不發也未必對。他轉著圓臉向四面笑，笑得工夫太大了，便改為點點頭，點頭太多了，便隨便地說一句：「可不是」「抽煙吧。」頭上出了汗，這是個啟示：「什麼時候了，天還這麼熱！」大家說：「你是喜歡的，天並不熱。」他哈哈起來。他的身後跟著四虎子，他一說「抽煙吧」，四虎子便把煙遞過去——始終沒管倒茶，因為主人沒說。東西屋裡的文化比起堂屋的來要低著很多，牛老太太知道這群土豆子專為來吃飯。她下了命令，先給東西屋開飯。

飯的確不壞，各位掌櫃的暫時拋開關於做買賣的討論，誠心地吃了個酒足飯飽，個個頭上都出著熱汗，然後牙上插著牙籤，騰出手來用熱手巾板狠命地擦腦門子。腦門擦亮，撲過煙筒去，吸著煙三三兩兩地偷著往外溜。

女賓席上可不這樣簡單，每一桌都至少吃個五六刻鐘。這很官樣。據牛老太太看。可是，有一點叫她未免傷心：各桌上低聲的談話，她掃聽著，似乎大不利於天賜。屋中的光景彷彿忽然暗淡了好多，空氣中飄著一片問號。牛老太太張羅著這桌，眼瞭著那桌：張六姑的薄嘴唇動得像是說「私孩子」。李三嫂神出鬼入地點了點頭。無論你把謊造得多麼圓到，你攔不住人們心裡會繞彎。特別是那幾位本族的，在牛太太的視線外，鼻子老出著涼氣，這些涼氣會使她覺得涼颼颼的，好像開著電扇。

牛太太的心中不很自在。她知道牛老者是老實頭，假如她們把他包圍上，事情可就不見得好辦。她得設法賄賂她們。天下最有效的辦法就是收買；自己吃肉，得讓旁人至少啃點骨頭，英雄的成功都仗著隨手往外扔骨頭。自私的人得看準了肉而決定捨了骨頭；骨頭扔出去，自有自告奮勇願意當狗的。老太太心中盤算開了：給她什麼，給她什麼，給她什麼，然後對她說什麼，對她又說什麼，叫她們分離開，而後再一一地收拾。先分紅蛋，這是個引子，引子是表示吉祥，吉祥的底下再有些沉重的東西，大家的鼻子自然會添加熱度而冒出暖氣來。

辦法果然有效，大家看完洗三還不肯走，等著吃晚飯。牛老太太準知道她們一出大門，鼻子還會涼起來，可是在分別的時候彼此很和氣。把客人送了走，她歎了口氣，只成功了一半！她問老伴兒看出什麼典故來沒有，老者抓了抓頭，他只看出大家吃得很飽，對於政治，他簡直是一竅不通。不過這也好，牛太太正好把事情暗中都辦了，叫他去頂著惡名。

老太太所沒看到的是這個：誰也曉得牛老頭是老好子，而她是諸葛亮，聰明人就是有這點毛病，老以自己的渺小當作偉大，殊不知歷史上並沒有這樣的事。要是有的話，人心早變成豆兒那麼小了。

不論怎說吧，天賜的存在，是好是歹，已經是公認的了。只要紅蛋被人分去，你想向生命辭職也不容易了！

四　鉤兒套圈

滿月也過了。雖然這應比三天更隆重，可是辦得並不十分起勁，牛老太太確是把該堵塞的地方都設法堵住了，可是閒話這條河——像個爛桃——是套著壞的。天賜並沒招惹著誰，名譽可是一天比一天壞。只有人是可以生下來便背著個惡名的，咱們還沒見過自幼便不甚光榮的豬，天賜這口奶真不容易吃。

牛老太太可是很堅決，任憑大家怎樣嘈嘈，天賜到底比從親戚家抱來的娃娃強；愣便宜了外人，就是不跟親戚合作，大家也只好白瞪眼。可是白瞪眼也不是全無影響——滿月辦得不甚起勁。眼雖白瞪，究竟是瞪了，無論怎說也有點彆扭。英雄不是容易做的呀。

不用管這個了，反正滿月已過，是好是歹得活下去了。專把洗三滿月做得非常美滿，而後便一命歸西，也沒多大意思。生命的最大意義彷彿就是得活那麼幾十年，要不然便連多糟蹋糧食的資格也得不到。天賜決定活下去，這是很值得讚美的。自然活下去也有活下去的苦處，但是他不怕；凡不怕生命的便得著了生命，因為糧食是他糟蹋的。

天賜的苦處還真不小呢。按照紀媽的辦法，小孩是應當放在個沙子口袋裡，過五六天把結成塊的沙子篩巴一回，再連同小孩放進口袋去。十六里鋪一帶等處的弱小國民差不多都是這麼養起來的。有的不甘心在口袋裡活著，就在口袋裡死去，倒也很省事。

天賜可沒受這個罪，他是官樣孩子，不能裝口袋而與機器麵粉相提並論。他另有種苦處。雖然沒裝口袋，他的手腳可都被捆了個結實，一動也不能動，像一根打著裹布的大兵的腿——牛老太太的善意，唯恐他成了羅圈腿；後來，天賜的磕膝擰著，而腳尖彼此拌蒜，永遠不能在三分鐘內跑完百米；這個，牛老太太沒想到。沒有思想的善意是專會出拐子腿的。

手腳既然不能動，只好仗著啼哭運動運動內部了。這也行不通：每逢他一出聲，乳頭便馬上堵住他的小嘴，他只好由哭喊改為哼哼，像個悶氣的小豬。第一是孩子不應當哭，第二是紀媽的奶不應當存起來；牛老太太把賬永遠算得很清楚。設若由孩子的性兒哭，這便是費了孩子的力氣，而省下紀媽的乳，按什麼經濟理論說也不大對。老太太似乎也明白，娃娃是應在相當的時候哭一會兒；但是一想到紀媽那對乳和月間的工錢，不由得她就叫出來：「紀媽，孩子又該吃了！」

錢不但會說話，而且會逼著人說話，這不能專怨牛老太太。手腳沒有自由，被子蓋了個嚴，不准出聲，天賜有點起急，可是說不出道不出，只好一賭氣要抽瘋。這是娃娃最好的示威運動。可是也怕遇上誰，牛老太太總不聽這一套，早就預備好抱龍丸、一撚金、救急散、七珍丹、丸散膏丹，一應俱全。一病就灌！對什麼她都有辦法，天賜唯一的抵抗是不抵抗，自己翻白眼比有聲有色的示威強得多。養孩子的樂趣是在發揮大人的才幹；孩子得明白這個，不然便是找不自在。

天賜認了命。一天到晚，吃了睡，睡了吃；睡不著的時候翻翻白眼。吃吃自己的拳頭，踢踢腿，他滿不敢希望。這麼一來，他反倒胖了，這是多麼體面呢！不止於體面呀，老太太還叫他「胖乖子」呢！

刀把兒在別人手裡拿著，你頂好是吃得胖胖的；人家要殺你呢，肉肉頭的，也對得起人；人家要不殺你呢，你也怪體面。天賜教給了我們這個辦法，他似乎是生而知之的。

紀媽總算很盡心。但是為了幾塊子工錢，把自己的娃娃放在沙子口袋裡，而來奶別人家的孩子，到底不是——也不應該是——件得意的事。她心中的委屈無處去訴，只好有時候四顧無人，拿天賜出出氣。比如給屁股蛋子兩掌，或是尿濕而不立刻給換布……雖然都不是照例的課程，不過三天兩頭有這麼一次也夠天賜受的。自然，我們無須為這個而悲觀；可是生命便是個磨煉，恐怕也無可否認。

老劉媽本是可以和天賜沒什麼關係的，而且天賜也沒故意和她套交情，可是她殺上前來。從牛老太太的眼中看，老劉媽是不可多得的人物；從別人眼中看，老劉媽縱有許多的長處，可是仍不失為走狗。

按照走狗分類法說，至少有兩大類的：一類是為利益而加入狗的階級，一類是為求精神的安慰而自己安上尾巴。老劉媽屬於第二類。在她年青的時候，家中倒確是寒苦，非出來掙飯吃不可。到了老年，家境已慢慢轉過來，她有孫兒孫女，也有口飽飯吃。但是她不回去。偶爾回家一次，她一年所掙的工錢全花在晚輩身上，給孫子帶來城裡的玩具，給孫女買來小布人，給兒媳婦帶來針頭線腦、細齒的木梳，和做鞋面的零材料等等。大家都很尊敬她。大家還沒尊敬完她，她向後轉回了城。沒有牛太太，她心中就沒了主心骨。她得犧牲了一切舒服自在，以便得到精神上的安慰。

牛老太太厲害，這使劉媽懼怕，怕得心裡怪癢癢的，而後覺出點舒適痛快。有時候幫助太太去欺侮老爺、四虎子，或是門外做小買賣的，更使她的精神有所寄託——她雖然不是英雄，到底是英雄的助手，很過癮。她越上年紀，這股子勁越增高，好像唯恐一旦死了而沒能完成走狗的使命。她不是為金錢，而是為靈魂，她的靈魂會汪汪地叫，除了牛太太沒人能把她喝止住。

太太有了少爺，老劉媽更高興了；就是兩眼全瞎了也不能辭職。設若太太是子孫娘娘，她必得是永遠一旁侍立的仙女，給娘娘抱著娃娃。不過，紀媽來了；一個大打擊。走狗最怕候補的走狗，而且看誰都是正往外長尾巴。和紀媽一塊吃飯的時候，她嫌紀媽的嘴太大。嘴太大根本沒有在城裡做事的資格。況且紀媽老委委屈屈的呢，這更使她非常地生氣。她不能明白為什麼在牛太太手下而還覺著委屈，這簡直是不要臉。老劉媽可以算是忠誠的人了，她只希望一個人的成功，不許大家訴委屈，因為那一個人的成功便是她的成功，雖然她未必得到物質上的好處，可是充分地過了狗癮。她不能看著抱娃娃——太太的娃娃——而覺著委屈的紀媽而不生氣。

但是她沒法把紀媽趕了走，因為娃娃必須吃奶。前後這麼一想，她除了看不起紀媽之外，還附帶著不大喜歡天賜。天賜設若真是英雄好漢，據她想，就根本不能吃紀媽的奶。這個，她可不敢明言。當牛太太誇獎天賜的時候，她便多少給紀媽加上幾句不大受用的話，而極力地奉承天賜。趕到太太對天賜有所不滿的時候，她便也順口答音地攻擊這個娃娃。她是走狗中的能手。

紀媽受了老劉媽的氣，也許是更愛天賜一點，也許在天賜身上泄怒，而天賜的屁股又加多了被擰的機會。生養在一個英雄——不管是多麼大小的英雄——的手下，得預備好一座硬屁股，這是必需的。

天賜已會笑了。紀媽不大注意他的笑，她專留神他的哭；他不哭，她便少受申斥。天賜許多的笑是白費了事，沒人欣賞。老劉媽瞎著一隻眼，看不清娃娃的微有笑意的笑，即使看清，她也不熱心地去給宣傳。她的耳朵更有用，一聽到孩子哭，她便自言自語地叨嘮起來：這樣的奶媽，老叫孩子哭，沒有見過！這雖是自言自語，可是並不專為自己聽；太太要是聽見呢，自然便起了作用；紀媽聽見呢，也好。反正有人聽見便好，而她的自言自語是會設法使人聽見的。

牛老太太自然喜歡娃娃的笑，可是不知道為什麼，有她在一旁，天賜永遠不笑。紀媽已經向太太報告過，娃娃已會撇嘴兒微笑。太太不信，而老劉媽以為奶媽是要加入狗的階級，虛造事實，以便得寵。

舊狗遇見新狗比遇見貓還氣大，「太太，可得說奶媽子一頓，別這麼亂造謠言！我就沒看見娃娃笑過一回，哼！」

可是天賜確是會笑，牛老頭兒知道。要說天賜已經會認識人，便是瞎話，可是他專愛對老者笑，也許他的圓禿腦袋能特別引起娃娃的注意——假如不能引起成人的趣味。事實給我們作證，多數的小孩喜歡「不」英雄的人。要不然怎麼英雄有時候連娃娃一齊殺呢。

老者天天要過來看天賜兩三次，若遇上天賜正睡覺，他便細細看他的閉成縫兒的眼，微張著的小嘴，與一動一動的腦門，而後自己無聲地笑一陣。若趕上娃娃醒著，他把圓臉低下去低聲地不定說些什麼，反正一句有意思的也沒有：「小人！小夥計！吃飽了？睡乎乎了？還不會叫爸呀？真有你的！看這小眼，喲，喲，笑了！」天賜果然是笑了，那種無聲而微一咧嘴的笑。

牛老者把這個報告給太太。太太心裡微酸。紀媽已報告過，她不信；現在老伴兒又來這麼說，分明他和奶媽聯了盟，他是給紀媽幫忙助威！老太太自己沒有看見娃娃笑，誰說也不能算數。

「啊，我怎麼沒看見呢？」太太那對小深眼像倆小井，很有把老伴兒淹死的意思。

「也許是要哭，沒準兒。」老者對於未經太太審定的事，向來是抱著懷疑的態度。

「少上紀媽屋裡去，老了老了的，還這麼杓杓顛顛的！」太太的酸意和真正山西醋一樣，越老越有勁。自然，太太不是沒有眼睛，不曉得紀媽的吸引力是很弱。不過，她得這麼防備一下；英雄的疑慮是不厭精細的。看著該殺的，哪怕是個無害的綠蟲兒呢，趁早下手。況且紀媽到底是個女人呀！

老頭兒聽出點意思來，一時想不出回答什麼，笑了笑，擦了擦圓臉，啊了兩聲，看了看天花板，帶著圓肚子搖了出去。他一點沒覺得難過，可也沒覺得好過，就那麼不涼不熱地馬虎過去。

由天賜的笑，牛宅又鬧了這麼些鉤兒套圈。牛老者來看他的次數減少了一半，他只好自己偷偷地笑了。

五　解放時期

糊糊塗塗，天賜不折不扣地活了六個月。到這兒，才與「歲」發生了關係。牛老太太訓令紀媽一干人等：「有人問，說：半歲了。」「歲」比「月」與「天」自然威嚴多多了。天賜自己雖沒覺出「半歲」的尊嚴在哪裡，可是生活上確有變動。這些變動很值得注意，怎麼說呢，假如人生六月而毫無變動，或且有那麼一天，自朝及暮始終沒出氣，以表示決不變動，這個小人也許將來成聖成賢，可也許就這麼回了老家。所以我們得說說這些變動，證明天賜在半歲的時候並未曾死過：傳記是個人「生活」的記錄，死後的一切統由陰間負責登記。

從一方面說，這是解放時期。牛老太太雖然多知多懂，可是實際上一輩子沒養過小孩，所以對解放娃娃的手腳，究竟是在半歲的時候，還是得捆到整八個月呢，不敢決定。她賞了紀媽個臉「該不用捆了吧？在鄉下，你們捆多少天哪？」紀媽又想起沙子口袋來：「我們下地幹活去，把孩子放在口袋裡，不用捆，把脖子鬆鬆攏住就行。」

老太太對紀媽很失望：凡是上司徵求民意的時候，人民得懂得這是上司賞臉，得琢磨透上司愛聽什麼，哪怕是無中生有造點謠言呢，也比說沙子口袋強。紀媽不明白此理，於是被太太瞪了兩眼。

到底是老劉媽。太太一問，她立刻轉了眼珠——那隻瞎的雖看不見東西，可也能轉動助威——心裡說：往常太太一問，街上有賣粽子的了吧，一定是要開始預備過五月節，或是太太想吃一頓嫩西葫蘆餡的餃子。這麼一想，便有了主意：「少爺不是快八個月了嗎？」給太太一個施展學問的機會。

「誰說的，不是剛半歲嗎？」太太的記性到底是比下人的強，「老這麼老顛蒜似的！」

「個子那麼大，說九個月也有人信！」老劉媽的狗文章不專仗著修辭，而是憑著思想的力量，沉重而發甜，像廣東月餅，「其實半歲就可以不用捆了，該穿小衣裳了。」真的，她自己的孩子也是在口袋裡養起來的，根本不曉得娃娃該捆幾個月；太太既是問下來，想是有意給天賜鬆綁。設若太太問娃娃該在幾個月推出斬首，老劉媽必能知道是應登時綁到法場。

無論怎說吧，天賜身上的捆仙繩被解除下去，而換上了連腳褲。紀媽看出來：六個月的工夫，捆仙繩確是有功效，天賜的腿絕對不能羅圈了，因為腳尖已經向裡拐拐著。這回她留了個心眼，沒向太太去報告。幸而如此；不然，天賜也許再被捆起來。

好在天賜是男子漢大丈夫，曲線美的曲法如何，他滿不在意。反正鬆綁是件快事，他開始享受。拳頭也能放在口中咂著，腳也會踢，他很高興。一個哭不好，笑也不好的人，如牛天賜——小名福官——者，頂好別太高興了。天賜不懂事：兩腳踢起，心中一使勁，兩唇暴裂，他叫出一聲「巴」來。由他自己看，這本是很科學的，可是架不住別人由玄學的觀點看。牛老太太以為一個懂得好歹的，官樣的娃娃應當先叫「媽」。天賜叫了「巴」。「巴」者，「爸」也；就憑牛老者那個樣，配嗎？

牛老者自然很得意了。五十多歲才有人叫爸，當時死去也不算冤屈了，況且是沒死而當活爸爸呢！他越高興便越不知道怎樣才好，全身的肉都微笑著，而眼睛溜著太太。太太怎看怎以為他不像個官樣的爸爸，而這官樣的娃娃偏叫他，真使人堵得慌。

老劉媽的尾巴又搖起來了，她歪著頭看準了天賜的嘴：「叫媽！叫媽！」天賜翻了翻白眼，一聲沒出，偷偷地把連腳褲尿了個精濕。

白活半歲，劉媽心裡說。

其實我們的天賜並沒白活；再往真切裡說點，一切生命向來沒有白活的時候。先不用說別的，天賜已長出點模樣來；誰能說這六個月的奶白吃了呢？天賜一定是沒閑著，別看他不言不語的，對於他要長成什麼樣必是思想過一番。不然，他為什麼長成自己的面貌，而不隨便按照紀媽或四虎子的樣子長呢？生活是一種創造：紅臉大漢攔不住兒子長成白面的書生。

天賜的腿是沒辦法了，這自然不是他的過錯。他的腦勺扁平也不是他自己所能矯正的：牛太太是主張不要多抱娃娃的，六個月工夫，除了吃奶，他老是二目觀天，於是腦勺向裡長了去，平得像塊板兒。

現在雖穿上連腳褲，可是被抱著的時候仍然不多。紀媽自然不反對這個辦法，牛老太太以為非這樣不足養成官樣兒子，疼愛是疼愛，管教是管教，規矩是要自幼養好的，娃娃應當躺著，正如老劉媽應當立著。

天賜的創造是在臉部。我們現在一點還不敢斷定他是個天才，或是個蠢才；不過，拿他自己計畫的這張小臉說，這小子有點自命不凡。豪傑有多少等，以外表簡單而心裡複雜的為最厲害。天賜似乎想到了這個。眉毛簡直可以說是被他忘記了，將來長出與否，他自己當然有個打算。

眼睛是單眼皮，黑眼珠不大，常在單眼皮底下藏著，翻白眼頗省事。鼻子短而往上掀著點，好像時時在聞著面前的氣味。薄嘴唇，哭的時候開合很靈便，笑的時候有股輕慢的勁兒。全臉如小架冬瓜，上窄下寬，腮上墜著兩塊肉。在不哭不笑的時節，單眼皮耷拉著，鼻尖微卷，小薄嘴在兩個胖腮中埋伏著，沒人知道他是要幹什麼。臉色略近象牙的黃白，眉毛從略，腦頂上稀稀地爬著幾根細黃毛。

部分地看來，無一可取；全體地端詳，確有奇氣——將來成為豪傑與否還不敢說，現在一定不是個體面的娃娃。但是自己能創造出不體面的臉來，心中總多少有個數兒，至少他是有意氣牛老太太。

雖然這麼說，到底他有點藝術的手段，兩腮的肉救了他的命。牛老太太當要對他生氣的時候，往往因為那兩塊肉而把氣壓下去。官樣孩子的基本條件是多肉；有眉毛與否總是次要的。況且「孩大十八變」，焉知天賜一高興不長出兩條臥蠶眉呢？老太太為減少生氣，永遠先看他的腮。客人呢，自然也找最容易看到的地方來誇獎：看這一臉的肉，有點福氣！至於那些不得人心的地方，主人與客人都看得清楚，可是都持著緘默的態度。藝術，由此看來，就是個調動有方；假若天賜把肉都勻到屁股上去，那只好專等挨揍吧。

到了八個月，牛老太太由極精細地觀察，發現出來：設若再不把娃娃抱起來，也許那個扁平的腦勺會更進一步把應長在後面的東西全移到前面來，而後面完全空空如也。把腦後的頭髮要都移植到腦門上來，前面自然威風凜凜嘍，而後半一掃光怎樣辦呢？老太太考慮了許久，才下了第二道解放令：娃娃除在吃奶時間也理該抱一會兒。

隨便解放，無論對於什麼，是很危險的。最牢靠的辦法是一把兒死拿；即使憋急的水會橫流，反正不能只淹死一個人。抱娃娃令剛一下來，連四虎子也搭訕著走上前來。更氣人的是天賜見著四虎子就往前撲，而且一串一串地喊「巴」！四虎子這小子，別看他愣蔥似的，有時候一高興也能做出巧妙活兒來。不知從哪裡學來的，他很會抱娃娃。牛老太太雖然能把四虎子喝出去，可是沒法子使天賜明白過來：

一個官樣的孩子怎能和個老粗相友愛呢？老太太越想把娃娃的身分提高（而且是完全出於善意），娃娃偏成心打坐坡，不知好歹。她自然犯不上為這個而想自殺，可是心中真不痛快。她在夏天囑告四虎子多少回了，穿好了小褂！而四虎子在挑水去或打掃院子的時候，偏赤著背。沒辦法！現在，天賜又是個下溜子貨。況且老太太不是不以身作則呀，頂熱的天她也沒赤過背，照舊是穿著官紗半大衫，在冰箱旁邊的瓷墩上規規矩矩地坐著。再說，她也沒叫四虎子抱過一回，你說天賜是和誰學的，偏偏愛找四虎子！

老太太可是沒完全灰心，該辦的還得辦，只求無愧於心吧。天賜該種痘了。老太太親自出馬去調查。施種牛痘的地方很多，天賜自然不能上這樣的地方去，身分要緊。花錢種痘的地方也不少，可是大概分為兩派：一派是洋式的，只種一顆，而且不必一定種在胳臂上，腿上也行。一派是老式的，準在左右兩臂上各種三顆，不折不扣，而且種的時候，大夫的手不住地哆嗦。她決定抱天賜到打哆嗦的地方去，理由是哆嗦得厲害了，也許應種六顆而種成七顆或八顆；牛痘不是越多種越好麼？

擇定了吉日，大舉地去種痘。紀媽戴上應戴的一切首飾，穿上新衣。老劉媽也願跟去，一半是走狗，一半是天氣已暖，借機會去散逛一番。她也打扮起來。牛太太於裝扮得盡情盡理而外，還找出檀香骨子的老摺扇；還不到拿扇的時節，專為表示大雅。天賜穿了新紅洋縐的毛衫，頭上的幾根黃毛很勉強地紮成一個小辮，專仗著紅絨繩支持著。腳上穿了黃色老虎鞋，安著紅眼睛，掛白掛鬚。除了他自己，其餘的都很體面。

活該天賜丟人！設若只種一顆，雖然也得哭——種痘而不哭的小兒恐怕是沒有哭的本能——但絕對不會把哭的一切聲調與姿態全表演出來。種六顆，不哭怎麼辦呢？好一陣哭，嘴唇好像是橡皮的，活軟而靈動。眼中真落了淚，有往鼻子上流的，有在眼角懸著的，還有兩三滴上了腦門。老虎鞋也踢掉了一隻，小辮也和絨繩脫離了關係。連扁平無髮的腦勺都紅紅地掛著汗珠，像一堆小石榴子兒。

由全體上看，整是大敗而歸的神情。牛老太太要不是心疼扇骨子，真想敲他一頓好的。好在醫生很堅決，不種齊六顆不拉倒，因為牛太太有話在先：種六顆才送一塊錢，短一顆扣大洋一角五分。天賜覺到非抽瘋示威不可了，正要翻白眼，六顆種齊了；算是沒成了最動心的悲劇。

回來的時候是抄小路走的，天賜還抽搭呢！

痘發得不錯，只瞎了兩顆。天賜大概有點心裡的勁兒，他並沒大發燒，而且幾天的工夫沒怎麼哭，大概是表示：你要不動我，我本來不願多費眼淚。痘兒落了痂，天賜開始噴牙。把「巴」似乎忘了，高興便縮起脖子，小眼一擠，薄嘴唇一噘，噗！噗完之後，他耷拉著一雙胖腮靜候有什麼效果。果然，大家都想看還包在牙床裡的小嫩牙。他不叫看，誰過來噗誰個滿臉花。

身上的玩意兒越多，生活的趣味越複雜；牙已露出一個，他覺得噗噗又太單調了，於是自己造了一種言語，以「巴」為主音，隨時加上各種音樂：有時候管牛老頭兒叫「嘟嘟」，有時候管老劉媽叫「啊」，有時候自己作一首詩——「嘟嘟巴巴噗——噗！啊——」用手一指，原來詩中的要意是要出去，上院裡玩玩。牛老太太不准，「野小子！看誰敢上院裡去！」沒辦法，他只好繼續作詩，嗯，嗯嗯！據四虎子的解釋，這首極短峭的詩是罵牛老太太呢。

天賜可是還不會爬。「七坐八爬」，老劉媽早就這麼預言下了，而天賜決定不與她合作，偏不爬。事實上是這樣，他是頭沉腿軟，沒法兒爬。他於是發明了滾，肚子、脊背，來回翻轉，會橫著移動。有時候利用肚子朝上的機會，小麻雀向空中噴水，直起直落，都澆在自己身上，演習著水淹七軍。「這小子官樣不了了！」牛老太太心裡說。可是四虎子趕上太太不在家的時候，特意過來煩演這一齣。

「來一個，夥計！來一個直直的！」天賜為表示感激，真來了直直的；四虎子把預備買襪子的錢給天賜買了一對嘩啷棒，一個腦子是五個黑豆的小人，頭一動就嘩啦嘩啦地響。這頭一批玩具是四虎子的禮物；那些當權的人們誰也沒想到這一層！天賜露著小牙叫了四虎子一串兒「巴」，老劉媽那隻好眼差點也氣瞎了！

六　嘩啷棒兒

新落花生又下市了，天賜已經一歲。

在他十個來月的時候，紀媽心中已打開了鼓：她真願回家看看自己的娃娃去，可是她又怕回去。城裡的享受和想家的苦痛至多不過是一邊兒重，有時候她寧願犧牲了大米白麵與整齊的衣服，而去恢復骨肉團聚的快樂；個人的物質享受沒完全克服了她的心靈（要不怎麼老劉媽不喜愛她呢？）

難處是在這裡：把自己撇開不提；那點錢！那點錢！！那點錢！！！在她看，她自己有了吃喝，她必須把所掙的錢全數交給家中，這才對得起大家。在家中看，她的離開家庭是種高貴的犧牲，可是他們真需要那點錢。她願意回去，他們也願意她回來，但感情敵不過老辣的事實，那點錢立在他們與她的中間，像一個冷笑的巨鬼，使他們的血結成冰。她的心拴在她自己的娃娃身上，她的理智永遠吻著那幾塊錢。回去，回去！有時候她跺著腳這樣自言自語。可是她真怕——有那麼一天還是非回去不可呢！假如天賜斷了奶！在十個月左右斷奶是常有的事。她常愣著，長嘴閉成一道線，什麼也想不出，只有家，錢，家，錢，兩個黑影來回地撞她的心。

幸而在十個月左右，牛老太太沒有提斷奶的事，走狗老劉媽也沒提。有多少多少事，該做的事，太太要是想不起，老劉媽便也想不起；有多少多少事，無須辦的事，太太只要一提，老劉媽便有枝添上葉；地道走狗嘛。她們沒有提，紀媽更會閉緊了嘴。可是她想起自己的娃娃，比天賜大著兩個月，應當是生日了。一生日了，自己的娃娃，會走了吧，長了多少牙，受別人的氣不受，吃了什麼，穿著什麼……她看著天賜落淚，在夜間；白天，得把淚藏起來。

對於天賜，她有時候發恨，因為她自己的娃娃；有時候恩愛，因為她自己的娃娃。一想起自己的娃娃，她看天賜只是一堆洋錢，會吃奶的洋錢。可也有時候，她緊緊地抱著他，一個跟著一個地親嘴，長嘴岔連天賜的胖腮都吸了進去，像蝦蟆吞個蟲兒似的，弄得天賜莫名其妙。在斷奶與失業的恐怖中，她沒法不更愛這堆洋錢了。她心中唯一的希望是：假如天賜懂得報恩，而不許她走，她便能多混幾個月——長久的計畫是不能想的。她加意地看護天賜，而且低聲地把委屈都告訴了他，他似乎懂又似乎不懂地和她瞎嘟嘟。有的時候，她把娃娃放下，而恫嚇著：「我走了！再不回來了！」然後走出幾步去看看有什麼作用。天賜多半是滾起來，抬著頭，兩手用力支持著，啊啊幾聲。紀媽心中痛快些——這小子還有人心。不過也有的時候，他手腳朝天，口中唱著短詩，完全不理她；這使她非常地難過，「好東西；我走就是了！」可是她知道那幾塊錢的價值是不能這麼隨便捨棄的。

她稍微瘦了些。

至於天賜是否愛紀媽呢，很難說。這小子有時候能非常的冷靜，兩腮一垂，眼角耷拉著，很像個不大得志的神仙，對誰也不表示親熱，特別是對牛太太。在這三個女人中，自然他和紀媽最熟，但熟不就是愛。設若他能愛的話，無疑地他最愛四虎子，其次是牛老者，大概他是願做個男性的男子漢。可是他也愛花的東西，誰的衣裳上有花，他便撲過去；紀媽看出這個來，可是她不敢穿花衣裳。在她的簡單而可敬的心中打算著，假如被辭退，她走的時候須穿上一件花衣。

設若天賜能抱住她不放，她的機會便多了些。她想暗中托四虎子把一件藍布衫賣掉，以便買幾尺花洋布；她決不肯動用工錢中的一文。

可是在執行這條計策之前，她覺出她腳下的地已穩固了些。有一天老劉媽病了，得由紀媽下廚房做飯。老劉媽最討厭別人動她的鍋碗刀勺。只要她支持得住，決不肯離開廚房。十回有八回，她有病而不告訴人，怕別人佔據了她的地位。由忠誠而忌妒是走狗的偉大，而是聖人的缺點。這回，她可是不能不離開廚房了，因為四虎子發現了她手裡拿著炒勺，躺在水缸的前面，嗓子堵著一口痰，一口很有將她憋死的把握的痰。

四虎子慌了，慌得驚雞似的，越喘越沒主意。直到牛老太太來到，他才把老劉媽卷巴卷巴抱到她屋裡去。牛老太太開開自己的藥庫，細細合算了一番，找出一包紙上帶「⩔」號的丸子來。牛老太太都文雅官樣，就是記藥包的辦法是和送水和賣炭的學來的，在紙上畫不同的雞爪代表藥的差別與功用：爪朝上的是婦科藥，五爪的是治重病的。五爪丸灌下去，老劉媽喘過口氣來，可是仍然不能動彈；太太也明白交派下來：非吃四爪丸不准下地。

這樣，紀媽便非下廚房不可了。往常她每每張羅著幫老劉媽的忙，而都被拒絕了；老劉媽的勢力範圍是不許別人侵入的。四虎子倒能搭把手，如剝剝蔥、洗洗米之類的不驚人的工作。可是四虎子是個「小子」呀；同性的不便合作，便給了異性的一些攙手的機會。紀媽平日除了看孩子，次要的工作是做些針線活。老劉媽對這個是無可如何的，她的眼已不作臉了。可是她生氣：不是她真願包辦一切，活活把自己累死，而是願意一切都由她監管，她得在事實上算頭一份兒。

看看太太和紀媽討論怎麼裁，怎麼做，完全沒她的事，多麼難堪！因此，她更得把廚房的門關得嚴嚴的了。現在，吃下五爪丸去，任憑紀媽侵略廚房，她覺得生命的空虛，像條一叫便咳嗽的老狗那麼臥著。

紀媽自己知道不能和老劉媽競爭，就拿切蔥絲說，她一輩子也不用想能切得那麼細，像老劉媽切的似的。可是她心中痛快了點，只要一進了廚房，她以為便有可以頂了老劉媽的希望。她一點沒有替老劉媽禱告快死的意思，但事實往往使人心硬一些：老劉媽吃了五爪丸，也許……呀！一個人的死會給別人一些希望。

更使她高興的是天賜表示了態度。她正在煮飯，四虎子奉了太太的命令，調她急速回營，因為天賜和太太鬧翻了。四虎子看著飯，紀媽腳尖高伸，腳踵急蹴，頭上的髮髻一起一落，慌忙地跑來。天賜在床上仰臥，手腳亂蹬，哭得異常傷心，而沒有充足的眼淚。

「看這孩子，看這孩子！」牛老太太叨嘮著，「不跟我，翻波打滾！好的，越大越有樣兒了！」

天賜一點也沒有把媽媽放在心上，撲過紀媽去，一頭扎在懷裡，登時不哭了。藏了有一分鐘吧，回過頭來笑了，眼皮上還懸著兩個捨不得走的淚珠。

「從此你就別再跟我，你個小東西子！」牛太太指著他的鼻尖說。

「啊，噗！」天賜毫不客氣地反抗。

紀媽沒敢做任何的表示，極冷靜地守著中立；介乎兩大之間，這是最牢靠的辦法。可是她心中自在了許多——要是天賜能多來這麼幾次，她的地位可就穩固多了。

到天賜生日那天，老劉媽才又照常辦公，已把五爪四爪三爪等丸藥都依次吃過；太太的醫術簡直比看香的張三姑還高明——這在老劉媽心中是最高的讚揚，因為張三姑能用香灰隨便治好任何病症。

天賜的生日有兩項重大的典禮，一項是大家吃打鹵麵，一項是抓周。第一項與天賜似乎無關，而好像專為四虎子舉行的。四虎子對打鹵麵有種特別的好感，只要一端起碗來就不想再放下。據他自己說，本來五大碗就正好把胃撐得滿滿的，可是必須加上兩三碗，因為他捨不得停止吸麵的響聲；鹵麵的響聲只能和伏天的暴雨相比，激烈而連貫。

第二項可是要單看天賜的了。大家全替他攥著一把汗。紀媽唯恐他去抓太太所不願意叫他抓到的東西，因為他是吃她的奶長起來的，他要是沒有起色，顯然是她的奶沒出息。一個婦人的奶要是沒出息?!四虎子另有個願望，他熱心地盼望太太公道一些，把那對嗶啷棒也列入，他以為小孩而不抓玩具簡直不算小孩，而是個妖精。可是牛太太不能公道了，她早和劉媽商議好應用哪幾件東西去試試天賜。

太太有塊小銅圖章，是她父親的遺物，雖然只是塊個人的圖章，可是看著頗近乎衙門裡的印。太太最注意這件高官得做、駿馬得騎的代表物。老劉媽建議：應把這塊印放在最易抓到的地方，而且應在印紐上的小獅子上拴起一束花線，以便引起注意。其次便是一支筆、一本小書；二者雖不如馬到成功伸手抓印的那麼有出息，可是萬般皆下品，唯有讀書高，筆與書也是做官的象徵，不過是稍繞一點彎兒。再其次是一個大銅錢，自從在咸豐年間鑄成就沒用過，非常地光亮。這是為敷衍牛老者，他是把錢放在官以上的人；天賜既是老爺和太太共同的產業，總得敷衍牛老者一下。

至於牛老者呢，他目下以為鹵麵高於一切，很有意加入一把羹匙，表示有鹵麵吃的意思——一個人有麵吃，而且隨便可以加鹵，也就活得過兒了。可是他並沒向太太去建議，少和太太辦交涉是使鹵麵確能消化的方法，這個人專會為肚子而犧牲了理想。

紀媽當然沒有發言權。四虎子向老劉媽打聽明白，心中覺得不平。這太不公道了。況且怎見得嗶啷棒便比銅錢低呢？可是，他自有辦法。

一個非常美麗的秋天，淺遠的藍天上飛著些留戀的去燕。天賜抓周禮在正午舉行，在桂香裡飄來一兩聲雞鳴。老劉媽把御定的幾項物件都放在銅盤上，請太太過目。然後紀媽抱來天賜，他的臉還是耷拉著，彷彿一點也沒看出一周年有什麼可樂。雖然眉毛已有相當的進步，長出稀稀的幾根。可是鼻子更向上卷了些，「不屑於」的神氣十足。

老爺為保養肚子，帶著裡邊的三碗鹵麵，已在床上打開了不很宜於秋高氣爽的大呼。四虎子請了他一次，他嘟囔了幾聲，不知是要添點鹵，還是純粹為嘟囔而嘟囔。不管怎樣吧，他依舊睡下去。

四虎子回來報告：「老爺睡了；我替他吧？」

「你是什麼東西？」太太說。

四虎子也愣住了，他自己不知道他是什麼東西——這本是世上最難答的一個問題。可是他搭訕著站在屋裡，手按著大褂的口袋，太太也沒再驅逐他。

老劉媽比牛太太還熱心，一個勁囑咐天賜，「抓那個有花繩紐的小印，老乖子！」

天賜用小眼看了看銅盤，剛一伸手又縮回去，把大拇指放在口中，好像是要想一想看。屋中的空氣十分的緊張。拔出手指，放在鼻前端詳了一番，覺得右手拇指不高明，把左手的換上來咂著。咂著似乎不大過癮，把食指探到小白牙的後面去掏，彷彿剛吃了什麼塞牙的東西。

紀媽托住了他，往銅盤那邊送，大嘴發出極輕微的聲兒，就像窗上的紙口，裂得雖大而聲兒很細，當風吹過來的時候：抓呀！抓呀！

天賜探著身，看桌上的小膽瓶頗好玩，定著眼珠看，用手指著：啊啊呀呀。對於銅盤一點也沒看起。

老劉媽急了，要把著娃娃的手去抓。太太非常鎮靜的攔住她：等等，看他自己抓什麼！

四虎子本沒打算出聲，可是不曉得嗓子裡怎一彆扭，嗽了一下。天賜的頭回過來，張牙舞爪的往這邊撲。這時候，四虎子再也忍不住，把久已藏好的嘩啷棒從衣袋裡掏出，嘩啷了幾聲。天賜笑著，眼中發著光，鼻旁起了好幾個小坑，都盛著笑意，身子往前探，兩手伸出去。他要嘩啷棒！

太太想喝止住他們，可是說時遲，那時快，花棒已換了手，天賜連踢帶跳的搖起來，響成一片。

太太的一對深眼，釘著四虎子，問：「花棒，抓花棒，有什麼說章呢？」太太的臉要滴下水來。

「說章？」四虎子想了想：「愛玩！」

七　兩種生活

一歲，兩歲，三歲，光陰本來對什麼都不掛心，可是小貓小狗小樹小人全不住地往起長，似乎替光陰做消費的記錄呢。天賜三歲了，看著很像回事兒。他說話，走路，斷奶，都比普通小孩晚些，可是到了三歲他已應有盡有，除了眉毛不甚茂盛，別的還都能將就。

一個小孩能全鬚全尾地活到三歲，並不是件容易的事；即使自己努力向善，有時候外來的勢力會弄瞎他一隻眼，或摔成羅鍋兒，或甚至於使他忽然地一命嗚呼。所以在自己努力之外，還得有些特別的智慧，能使自己的生長別和外來的勢力頂了牛，如兩個火車頭碰到一處。天賜是值得佩服的，這三年工夫總算對付得不錯。

牛老太太那份兒熱心不止於負使天賜成了拐子腿的責任；專拿他的眉毛問題說，就剃過不知多少回。這個問題就很不易解決，而且很有把腦門剃個大口子的危險。天賜在這種地方露出聰明。原來的局勢是：老太太以為非勤剃不可，即使天賜是塊石頭。而天賜呢，總以為長眉毛與否是他的自由，而且以為還沒有到長眉毛的時候。設若這樣爭執下去，眉毛便一定杳無音信，而刀子老在眼前晃來晃去，說不定也許鼻子削下半個去。

天賜決定讓步，假裝不為自己，而專為牛老太太，把生力運到腦門上去。這不僅是解決了小小的問題，和保全住了鼻子，而是生命哲學的基本招數。要做個狗得先長得像個狗，人也是如此。人家都有眉毛，你沒有便不行，在這塊沒有自由，你想把它長得尖兒朝上像倆月牙似的都不行，要長就得隨著大路，天賜明白了這個，所以由牛犄角裡出來而到大街上蹓躂蹓躂。

這未免有點滑頭，可是老頭兒有幾個不是腦頂光光的？棺材裡的腦袋多半是光滑的，這是「人生歸宿即滑頭」的象徵。帶著一頭黑髮入棺材固然體面，可是少活了年歲呢！

天賜非滑頭不可。眉毛算是稀稀的足以支持門面了，還有頭髮問題呢。

特別是那個扁腦瓢上，成績太壞。還得剃！天下還有比剃頭再難過的事？一上手，就把頭部洗得和魚那麼濕。而後，按著頭一勁兒剃，不准揚脖，不准搖動，不准打個噴嚏；得抿耳受死地裝作死人，一點不關心自己的腦袋，彷彿誰把它搬了走也別反抗。偶然一動，頭皮來個大口子；而且是你自己的不是。剃過一遍，還得找個二茬，腦袋好像是新皮球，非起亮不可。剃完以後，腦皮乾巴巴的不得勁還是小事，趕到照鏡子一看，無論多麼好脾性的小孩也得悲觀：頭不像頭，球不像球，就那麼光出溜的不起美感，只好自比於燙去毛的雞。

頭皮若是青青的也還好；像天賜的頭皮，灰裡發青，起著一層白刺，他簡直沒法看重自己。

因此，他決定長頭髮。頭髮有了不少而仍須剃的時候，他會裝病，一聽見剃頭的喚頭響他就宣佈肚子疼。我已有了頭髮，為什麼還得剃呢？他自己這樣問心，而覺得假裝肚痛是可告無愧的。

眉毛頭髮俱全，臉又出了毛病，越來越黑。一天至少得洗三遍！

水本是可愛的，可是就別上臉。水一上了臉非胡來不可，本來臉不是盛水的玩意。它鑽你的眼，進你的耳朵，嗆你的鼻子，淹你的脖子，無惡不作。況且還有胰皂助紂為虐呢，辣蒿蒿地把眼鼻都像撒上了胡椒麵；你越著急，人家越使勁搓，搓上沒完，非到把你搓成辣子雞不完事，連嘴裡都是辣的。不能反抗，你要抬頭，人家就按脖子，一直按到盆裡，使你的鼻子變了抽水機。也不能不反抗，你要由著性兒叫人家洗，人家以為你有癮，能乾脆把你的臉用胰子沫糊起來，為是顯著白，整整糊四五點鐘。天賜的辦法是不卑不亢，就盼著給他洗臉的人生病。事實逼的，連天賜也會發恨。

他一點也沒覺得臉黑有什麼障礙，臉黑並無礙於吃飯。他不知大人們為什麼必須替他操心。有許多他不能明白的事，而且是別問，問就出毛病。他學會了自己嘟囔，對著牆角或是藏在桌底下，他去自言自語：「桌子，你要碰福官的腦袋呀，福官就給你洗臉，看你多麼黑！給你抹一條白胰子，福官厲害呀！不是福官厲害，他們跟福官厲害，明白了吧？臭王八！」這最後的稱讚，他沒肯指出姓名來，怕桌子傳給那個人，而他的屁股遭殃。

天賜雖然說不出來，可是他覺到：生命便是拘束的積累。會的事兒越多，拘束也越多。他自己要往起長，外邊老有些力量鑽天覓縫地往下按。手腳口鼻都得有規矩，都要一絲不亂，像用線兒提著的傀儡。天上的虹有多麼好看，哼，不許指，指了爛手指頭！他剛要嚷「瞧那條大花帶兒喲」，必定會有個聲音——「別指！」於是手指在空氣中畫了個半圓，放在嘴邊上去；剛要往裡送，又來了：「不准吃手！」於是手指虛晃一招，搭訕著去鑽鑽耳朵，跟著就是：「手放下去！」你說這手指該放在哪兒？手指無處安放，心中自然覺著委屈，可是天賜曉得怎樣設法不哭。他會用鼻子的撐力頂住眼淚，而偷偷地跑到僻靜地方去想像著虹的美麗，小手放在衣袋裡往上指著。

多了，不准做的事兒多了。另有一些必須做的，都是他不願意做的。他的小眼珠老得溜著，像順著牆根找食吃的無娘的小狗。在那可怕的眼線外，他才能有些自由。對那些不願做而必須做的，他得假裝出快樂——當他遵照命令把糖果送到客人手下的時候，他會心中督促著自己：「樂呀！福官不吃，送給客人吃。因為媽媽說福官不饞！」

把唾沫咽下去，敢情沒有糖那樣甜！

要是由著他自己的性兒發育，誰知道他長成什麼樣子呢？他現在的長相決不完全出於他的心願。三歲的天賜是這個樣：臉還是冬瓜形，腮上的肉還墜著，可是沒有了那層乳光，而且有時候奋拉得十分難看。嘴唇也沒加厚，只是嘴角深深地刻入了腮部，老像是咽唾沫呢——客人來多了，眼看著糖果的支出而無收入，還不能不如此！鼻子向上卷著，眼摳摳著，前者是反抗，後者是隱忍，所以二者的衝突使稀稀的眉毛老皺皺著；幸而是稀稀的，要不然便太露痕跡了。扁腦勺上長出個反骨來，像被煙袋鍋子敲起來的。臉上很黑，怎洗也不亮，到生氣的時候才顯出點黃色。身子似乎太小點，所以顯著頭更大。拐子腿，常因努力奔走，腳尖彼此拌了蒜，而頭朝下摔個很痛心的跟頭。因此，他慢慢地知道怎樣謹慎，要跑的時候他把速度加在胳臂上，而腿不用力，表示點意思而已。

嘴最能幹。他說話說得很晚，可是一說開了頭，他學得很快：有些很難表現的意思，他能設法繞著彎說上來。因此，他的話不是永遠甜甘；有時候很能把大人堵個倒仰。可是他慢慢地覺悟出來，話不甜甘敢情是叫自己吃苦子，於是他會分辨出對誰應當少說，對誰可以多講；凡事總得留個心眼兒。

對四虎子，舉個例說，便可以無所不講，而且還能學到許多新字眼，如「臭王八」「雜種日的」……對牛老太太，頂好一語不發；勤叫著點「媽媽」是沒有什麼錯兒的。

天賜也有快活的時候，我們倒不必替他抱不平。跟牛老頭兒上街，差不多是達到任何小孩所能享受的最高點。在出發的時候，他避貓鼠似的連大氣也不出，表示他到了街上絕對不胡鬧。連這麼樣，還得到許多蔑視人格的囑告：「到了街上別要吃的！好好拉著爸爸的手！別跑一腳土！」他心裡跳著，翻著眼連連點頭。一出了大門，哈哈，牛老頭兒屬天賜管了。

「爸，你在這邊走，我好踢這塊小磚，瞧啊！爸！瞧這塊小磚，該踢不該踢？」牛老者以爸爸的資格審定那塊小磚：「踢吧，小子，踢！」

「爸！」天賜因踢小磚，看見地上有塊橘子皮！「咱們假裝買倆橘橘，你一個，福官一個，看誰吃得快？」

爸以為沒有競賽的必要，頂好天賜是把倆橘橘都吃了。兩個橘子吃完，至多也沒走過了一里的三分之一。爸決不忙。兒也不慌。再加上雲城是個小城——雖然是很重要的小城——爸的熟人非常地多，彼此見著總得談幾句，所談的問題雖滿沒有記錄下來的價值，可是時間費去不少。他們談話，天賜便把路上該拾的碎銅爛鐵破茶壺蓋兒都拾起來，放在衣袋裡，增多自己的財產與收藏。

此外，路上過羊，父子都得細細觀察一番；過娶媳婦的更不用說。在路上這樣勞神，天賜的肚子好似掉了底兒，一會兒渴了，一會兒餓了。爸是絕不考慮孩子的肚子有多大容量，只要他說渴便應當喝，說餓就應當吃。更不管香蕉是否和茶湯，油條是否與蘋果，有什麼不大調和的地方。

只要天賜張嘴，他就喜歡，而且老帶出商人的客氣與禮讓：「吃吧！蘋果還甜呀！不再吃一個呀！」這有時候把天賜弄得都怪不好意思了，所以當肚子已撐得像個鼓，也懂得對爸做謙退的表示：「爸！看那些大梨，多好看！福官不要，剛吃了蘋果，不要梨！」爸受了感動：「買倆拿家去吧？」天賜想了想：「給媽媽的？」爸也想了想：「媽不吃梨，還是給福官吧。」天賜覺得再謙讓就太過火了：「爸，買三個吧，給媽一個；媽要是不吃，再給福官。」

爺兒倆在街上便完全忘了時間，幸虧爸沒陪著天賜吃東西，所以肚子一覺出空還不至於連回家也忘了。「該回去了吧？」爸建議。天賜的肚子充實：「再玩玩，福官不餓。」爸不得已地說出自己的弱點：「爸可餓了呢！」兒子又有了辦法：「吃個梨？」爸搖頭：「爸要吃飯飯。」爸都好，就是肚子稍微有點缺點；假如爸老不餓，三天不回家又有什麼關係？天賜輕輕地歎口氣。

快到家了，天賜囑咐爸：「媽要問，在街上吃了什麼呀？」他學著牛老太太的語聲，「就說什麼也沒吃，福官很乖，是不是，爸？」

「對了，」爸也覺得有撒謊的必要，「什麼也沒吃。可是，你別嚷肚子疼呀！」

「肚子疼也不嚷，偷偷上後院去。」天賜早打好了主意。為自己的享受與自由，沒法兒不詭計多端。

可是事情並不這麼容易。肚子早不疼晚不疼，偏在半夜疼起來。誰敢半夜裡獨自上後院呢？忍著是不可能的：肚子疼若是能忍住，就不能算是肚子疼了。

次日早晨，天賜的眼睛陷進去許多。牛老太太審問老伴兒。牛老者不認罪：「我帶出他去，他是好好的；回來，還是好好的；半夜肚疼，能是我的錯兒麼？」老太太下了令，不許他們父子再上街。牛老者心裡非常難過，一個做父親的不常到街上展覽兒子去，做爸爸還有什麼意義呢？不該和太太頂嘴，嘴上舒服便是心上的痛苦，他決定不再反抗太太，至少是在嘴頭上。

天賜就更苦了：什麼也吃不著，一天到晚是稀粥白開水，連放屁都沒味。

也不准出去，只在屋裡拿一點棉花揑玩意兒，越揑越沒意思，而又不敢不揑，因為媽媽說這是最好的玩法嘛。

天賜覺得有兩種生活，彷彿是。媽生活與爸生活：在媽生活裡，自己什麼也不要幹，全聽媽的；在爸生活裡，自己什麼也可以幹，而不必問別人。自然他喜歡爸生活，可是和爸上街的機會越來越少了。

次好的是四虎子生活，雖然四虎子不能像爸那樣給買吃食，可是在另一方面他有比爸還可愛的地方。就以言語而論：四虎子會說誰也想不起怎說，而且要說得頂有力量的話。他能用一兩個字使人心裡憋悶著的情感全發出來，像個爆竹似的。一天到晚吃稀粥，比如說吧，該用什麼話來解解心頭的悶氣？四虎子有辦法：「他媽的！」這三個字能使人痛快半天，既省事，又解恨。還有「雜種」「狗蛋」……這些字眼都不需要什麼詳細說明，而天然地乾脆俐落，有分量。天賜學了不少這種詞藻，到真悶得慌的時候，會對著牆角送出幾個恰當的發洩積鬱。四虎子，在天賜眼中，差不多是個詩人。

「肚肚，你又餓了？他媽的！那個老東——」天賜回頭掃了一眼，「狗蛋！」心中痛快多了。

八　男女分座

在天賜斷奶之後，紀媽心裡愁成個大疙瘩。她恨不能飛回家去，看看自己的娃娃，真的；可是她不敢說，到底是娃娃還是工錢更可寶貴。

正在她最害怕的時候，老劉媽又病了，而且病得很重。

牛老太太雖然藥多，可是她知道：藥治得了病，治不了命。老劉媽是快七十的人。老太太為了難：萬一劉媽死了呢，哪去找這麼可靠的人？這並不是說，「老」就好，不是；老劉媽的好處是在乎老當益壯。老馬要是能照樣幹活，誰捨得錢去買匹小的呢？況且養著能幹活的老馬也顯著慈善不是？可是老馬既然拒絕了吃草，那也說不上不另打主意。走狗的下場頭啊！

為思路的順便，牛太太自然而然地想到了紀媽。紀媽年輕力壯，而且也是鄉親，滿可以代替老劉媽。可是紀媽自己有小孩，還能夠叫她帶來麼？叫個不三不四的野孩子和天賜在一塊，乾脆不行，只能讓她「暫代」，至於長遠之計——忽然想起四虎子來。給四虎子娶個老婆，豈不一打兩用：一來可攏住他的心，二來可以用個女僕，倒也不錯。反正四虎子的老婆得由牛宅給娶，他自己沒家沒業。可是四虎子娶親後，要是有小孩呢？這麼一想，老太太不甚熱心了。越是下等人越會生小孩，這使她氣恨。好，沒使成女僕，倒鬧得天上地下都是孩子，那才有個意思呢！不行。

老劉媽的病可不這樣猶疑，一天不如一天。四虎子下鄉把她的兒子找來。牛太太說得好：「要死得死在自己家裡。」老劉媽真沒想到這個。太太應許了她一口棺材，作為她服務幾十年的報酬。

老劉媽走後，紀媽暫行代理。不多的日子，劉媽死了。紀媽能否實任呢？牛老太太沒有什麼表示。她看紀媽很努力，可是孩子問題不能解決。正在這麼個時候，鄉下送上信來：紀媽的孩子死了。紀媽不敢放聲哭，怕主人說喪氣，可是兩三夜眼淚沒有乾過。為那幾塊錢，把人家的孩子奶大，自己的娃娃可死了，死了！她夢見她的娃娃，想著她的娃娃，低喚著她的娃娃；永遠不能見面了！她恨她自己，恨她的丈夫，恨天賜；世界上再沒有愛。「窮」殺死一切。她兩三天沒正經吃飯，可是還得給別人做，油腥味使她噁心，使她想把碟子碗全摔了。到底她得橫心，錢是無情的。她只得為丈夫奔，為他想。她得自動地忘了她的娃娃，自己管住眼淚。錢不聽，也不原諒，哭聲！她和太太請三天假，回家看看死娃娃。

「那麼，你還願意回來？」太太問。

紀媽用盡了力量回答：「願意！」為那些工錢。命不是肉做的，是塊比錢的分量輕的什麼破鉛爛鐵。

太太合算了一番：為四虎子娶老婆得花一百多塊。這筆錢早晚是得花的，不錯；可是晚一點到底有利無弊。先叫紀媽試試吧：「只要你願意，你就回來，我這也缺人。好在娃娃也死了，你也沒的可惦記著了；做幾年事也不錯，趁著年輕。」

「沒有可惦記著的了！」在紀媽心裡來回地響，她的淚不由得落下來；看在錢的面上，她不能否認這句話。

太太還有話呢，紀媽沒心去聽，可是不能不聽著。

「你回來，就幹老劉媽的事了。話得說明白：以後你可不是奶媽了，我也不能給那麼大的工錢。不在乎一兩塊子錢，規矩是規矩；奶媽照例是掙得多點。我也苦不了你，我這兒飯食不苦，這你知道。你好好幹呢，我穿剩下的衣裳都是你的；三節還有賞錢。我不在乎一塊半塊子錢，我不能叫人笑話我；這城裡沒有五塊錢一個月的老媽子。以後，我給你三塊錢，這是規矩。你幹得好呢，我再給你五毛點心錢，咱們以好換好。是這麼著不是？」

紀媽點頭，她說不出話來。在城裡這麼多日子了，她知道，老媽子的工錢真是三塊錢一個月。她什麼也說不出，這是規矩！

她走了三天，天賜就開始跟牛太太去睡。他和紀媽的關係，從此，也就說不上是好是壞來。紀媽老有點恨他，她老記著：她的娃娃比天賜大兩個月。越看天賜長身量，她越難過——她的娃娃永遠不長了。天賜自然是莫名其妙。可是久而久之，他覺到紀媽的眼神有點不大對，不能不躲著她了。不過紀媽也對他有好處，每逢他餓了，眼看著盤中的吃食而不敢要，他便偷偷去找紀媽。在這種時節，她的眼神不對也得算對，她總會給他烤塊饅頭什麼的吃：「吃吧，小東西！不餓也不找我來！」天賜沒辦法，只好先安慰了肚子，而後再管靈魂。

他慢慢地把家裡的人分為兩組，一組男，一組女；女組是不好惹的。

他越大越覺出男女的不同，也越不喜歡女的。當四五歲的時候，牛老太太遇上親友家有紅白事，高興便帶了他去。在出發之前，看這頓囑咐與訓練：別當著人說餓，別多吃東西，別大聲嚷嚷，別弄髒了衣裳；怎麼行禮？做一個看看！怎給人家道喜？說一個……而後打扮起來：小馬褂，袖兒肥闊而見稜見角，垂手吧，袖兒支支著；抬著手吧，像要飛。長袍子，腰間折起一塊還護著腳面，不留神便絆個跟頭。小緞帽盔，紅結子——夏天則是平頂草帽，在頭上轉圈。

這樣裝束好，他的臉不由得就拉得長長的；通體看來：有時候像縮小的新郎官，有時候像早熟的知縣。他非常地看不起自己，當這樣打扮起來。出大門的時候，他不敢看四虎子，準知道四虎子向他吐舌頭呢。

在家裡差不多快叫女的給擺弄碎了；到了外面，女人更多，全等著他呢。「哎喲，福官長這麼高了！這個小馬褂，真俏！」他只好低著頭看自己的鞋尖，臉上發熱。家裡的女人在後面戳脖梗子：「說話呀！處窩子！」他想不起說什麼，淚在眼裡轉圈。而後，人家拍他的扁腦瓢，專為使小帽盔晃動，因為那裡空著一大塊。扒拉他的臉蛋，聞他的手；怎麼討厭怎辦，這群女的。

雖然表面上這麼表示親善，可是他看得出她們並不愛他。有媽媽在跟前，大家乖乖寶貝地叫；媽媽不跟著，人們連理他也不理；眼睛會由小馬褂上滑過去。更叫他傷心的，他要是跟人家的小孩玩耍，人家會輕輕地把小孩拉走，而對他一笑：「待會兒再玩。」他木在那裡半天不動，馬褂又硬整，很像個沒放起來的風箏。他不知這是因為什麼，不過他——四五歲了——覺出有點什麼不對的地方來。他只能自言自語地罵幾聲：「媽媽的！」

等到回了家，還得被審：「誰跟你玩來著？」

「小禿；剛玩一會兒，小禿媽把小禿拉走。」

「哦！哦！」媽媽連連點頭，臉上不是味兒。

爸要是帶他出去，便沒這些事。爸給親友賀喜或弔祭去，只是為吃。在路上父子就商議好：你愛吃丸子，是不是？好吧，爸給多夾幾個。吃完飯上哪兒呢？出城玩玩？還是上老黑的乾果子店？要是上老黑那裡去，爸可以睡個覺，而天賜可以任意地吃葡萄乾，蜜棗；而且夥計們都願陪著他玩：在櫃裡藏悶兒，拔蘿蔔，或是賭煙捲畫兒。男人們不問這個那個的。況且老黑還有一群孩子呢。這群孩子中能走路的全不常在家。不過，要趕上他們在家，那個樂趣差不多和做一回皇上一樣。這群孩子永遠不穿小馬褂，腳老光著，而經驗非常地豐富。

男的和女的一樣。全知道城外的一切河溝裡出產什麼，都曉得怎樣掏小麻雀，捉蜻蜓，撈青蝦，釣田雞，挖蟋蟀……他們的臉、脖子、脊背，都黑得起亮；有泥也不擦，等泥片自己掉下去，或是被汗沖了走。

天賜跟他們玩半天，才知道自己的淺薄，而非常高興他們的和藹可親。他們都讓著他，比如捉老瞎的時候，他要是被捉住，該打十板就只打五板，可是打得一樣的疼。天賜忍著痛，不哭；他曉得他們的打手板是出於誠意，打得不疼還打個什麼勁？他們誠意地告訴他，小馬褂不是人穿的。假如出城去掏麻雀或撈青蝦，可能穿著馬褂嗎？說得他閉口無言，而暗恨媽媽。提到了媽媽，他們更有辦法：「媽媽？媽媽的腿慢呀。一打就跑；媽媽追不上。」

「媽媽要不給飯吃呢？」天賜問。

「就不吃！非等媽媽來勸不可。」

「媽媽要是不來勸呢？」

「先偷個饅頭墊墊底兒。」

聽了這個和一些別的，天賜開始覺到該怎樣做個男子。和爸回家的時候，先得了爸的同意——在路上不用穿小馬褂了。爸不反對。到了家中，他預備扒襪子，看光腳行得開行不開。把襪子扯下來，先到廚房探探紀媽的口氣。

「你這孩子，找打呢！」

天賜心裡說：「打？我會跑！」假裝沒事似的往媽媽屋中走，鼻子卷起高度的反抗精神。

「越學越好了！」預期的雷聲到了，「誰興的光腳啊？」天賜沉著應戰，假裝沒聽見。

「說你哪！穿上去！」

「不愛穿！」

媽媽氣得臉都白了：「好，好！你可也別吃飯！」

「先偷個饅頭墊墊底兒！」天賜自己知道非失敗不可了。不行，到底自己沒那麼多的經驗！男子漢恐怕做不成了。

結果，還是穿上了襪子，托紀媽給說的情，自己認了罪，才吃上了飯。肚子飽得沒什麼味兒，可是也沒辦法。媽媽到底不是好惹的，而肚子又不給自己作臉，失敗！

天賜苦悶，沒有小孩和他玩。大門成天關得嚴嚴的，而院裡除了他都是大人。四虎子雖然可愛，究非小孩。天賜常常見著老黑的那夥兒女，可惜是在夢裡！

他只好獨自在院中探險。大門裡是四虎子的屋子，他常來玩玩，特別是媽媽睡午覺或不在家的時候。和這間屋子連著的是三間堆房，永遠鎖著。四虎子抱起他從窗紙的破處看過一回，裡邊的東西複雜而神秘。這是牛老者營商的史料保存所；招牌，剩貨，帳竿……全在這兒休息著。

天賜對這三間屋子有點怕，又願進去拾些玩具，可是進不去。對著這三間堆房是個小屏風門，進門便是三合房的院子了。北房前有兩株海棠樹，這有時候供給他一些玩的材料。有一回，樹上落下兩個小青海棠來，他和它們玩了整整三點鐘。

從北房與東房的拐角過去，有個小院。這個拐角，據天賜看，是軍事上的要地：倒水的，送煤的，紀媽……都得由此經過，他常想藏在垛子旁邊「呔」他們一聲，嚇他們一大跳。可是他呔過紀媽一次，而她把茶碗撒了手；所以他只能常「想」。小院裡有三間屋子，紀媽住一間，廚房住一間，煤住一間，按照他的敘述法。

他一天到晚就在這個小世界裡轉，雖然也能隨時發現些新東西，可是沒人和他一同欣賞；遇必要時，他得裝作兩個人或三個人，從東跑到西，從西跑到東，以便顯出生命的火熾。及至跑累了，他坐在台階上，兩眼看著天，或看著地，只想到：「沒人跟你玩呀，福官！」

九　換毛的雞

黃絨團似的雛雞很美，長齊了翎兒的雞也很美；最不順眼是正在換毛時期的：禿頭禿腦翻著幾根硬翅，長腿，光屁股，赤裸不足而討厭有餘。小孩也有這麼個時期，雖英雄亦難例外。「七歲八歲討狗嫌」，即其時也。因為貪長身量而細胳臂蠟腿，臉上起了些雀斑，門牙根據地作「凹」形，眉毛常往眼下飛，鼻縱縱著。

相貌一天三變，但大體上是以討厭為原則。外表這樣，靈魂也不落後。正是言語已夠應用的時候，一天到晚除了吃喝都是說，對什麼也有主張，而且以扯謊為榮。精力十足，在萬不得已的時候才翻著跟頭睡覺；只要醒著手就得摸著，腳就得踢著，鞋要是不破了便老不放心。說話的時候得縱鼻，聽話的時候得擠眼，咳嗽一聲得縮縮脖，騎在狗身上想起撒尿。

一天老餓。聲音鑽腦子，有時候故意地結巴。眼睛很尖，專找人家的弱點：二嫂的大褂有個窟窿，三姨的耳後有點泥……都精細地觀察，而後當眾報告，以完成討厭的偉業。狡猾，有時也勇敢；殘忍，無處不討厭。

天賜到了這個時期。七歲了。兩腮的肉有計劃地撤去，以便顯出嘴唇的薄。上門牙一對全由他鄭重地埋在海棠樹下，時常挖出看看。

身量長了不少。腿細而拐，微似踩著高蹺。臂瘦且長，不走路也搖晃。小眼珠豆一般地旋轉。鼻子卷著，有如聞著鼻樑上那堆黑點。扁腦瓢搖動得異常靈便，細脖像棵蔥。

牛老太太對這個相貌的變化並不悲觀，孩子都得變。她記得她的弟弟，在八九歲的時候整像個瘦兔，可是到了十六歲就出息得黃天霸似的。這不算什麼。

她沒想到的是這個：以她這點管教排練，而福官不但身體上不體面，動作上也像個活猴。她很傷心。一天到晚不准他出去學壞，可是他自己會從心裡冒壞！越叫他老實著，他越橫蹦亂跳，老太太簡直想不出個道理來。越叫他規矩點，他越稜稜著眼說話，這是由哪裡學來的呢？吃飯得叫幾次才來，洗臉得兩人按巴著；不給果子吃就偷。膽氣還是非常的壯，你說一句，他說兩句；要不然他乾脆一聲不出，向牆角擠眼玩。打也沒用，況且一身骨頭把人的手碰得生疼。

最氣人的是凡事他得和四虎子去商量！原來四虎子看天賜的門牙一掉，不敢再拿他當小孩子了，所以開始應用一個新詞兒——咱哥倆。天賜也很喜愛這個親切有味的詞，一出屏風門便喊：「咱哥倆說個笑話呀！」其實四虎子並不會說笑話，不過是把一切瞎扯和他的那點施公案全放在笑話項下。他的英雄也成了天賜的英雄；黃天霸雙手打鏢，雙手接鏢，一口單刀，甩頭一子，獨探連環套！據天賜看，四虎子既有黃天霸這樣的朋友，想必他也是條好漢，很有能力，很有主意。所以他事事得和四虎子商議。四虎子也確是有主意。

「咱哥倆問你點事。」天賜在這種時節，說也奇怪，能夠一點也不討厭。

「咱哥倆說吧。」四虎子也很真誠。

「想買把刀；街上不是有嗎？鬼臉，刀，槍，布娃娃；我不要布娃娃，先買把刀得了。」天賜因為缺乏門牙，得用很大的力量把「刀」說清楚正確，於是濺了四虎子一臉唾沫星子，「媽媽不給錢，怎辦？」

「單刀一口，黃天霸，雙手接鏢？」四虎子點破了來意。

天賜笑了，用舌頭頂住門牙的豁子。

四虎子想了想：「跟爸上街，走到攤子前面，怎說也不再走；看，爸，那刀多好！可別說你要；就是一個勁兒誇好，明白不？爸要是給買了，回來你告訴媽媽，不是我要哇，爸給買的！稜稜著點眼睛說都可以。」

「爸要是不給買呢？」

「不走就是了！」

「鏢呢？」

「那不用買，找幾塊小磚頭就行。看著，這是刀，」毛撣子在四虎子的右手裡，「往左手一遞，右手掏鏢，打！練一個！」

天賜聚精會神地接過撣子來，嘴張著點，睛珠放出點光，可是似乎更小了些，照樣地換手掏鏢。他似乎很會用心，而且做得一點不力笨。

爸果然給買了把竹板刀，刷著銀色。在後院裡，天賜練刀打鏢，把紀媽的窗戶紙打了好幾個窟窿。他佩服感激四虎子。凡事必須咱們倆商量，把牛老太太氣得直犯喘。

有的時候，老太太還非求救於四虎子不可：天賜已經覺出自己的力量，雖然瘦光眼子雞似的，可是智力與生力使他不肯示弱。他願故意討厭，雖然他可以滿不討厭。事情越逆著來，他越要試試他的力量，他的鼻子不是白白卷著的。恰巧牛老太太是個不許別人有什麼主張的人，戰爭於是乎不能倖免。可是，媽媽與兒子的戰爭往往是媽媽失敗。因為她的顧慮太多，而少爺是一鼓作氣蠻幹到底。

「福官，進來吧，院子裡多麼熱！」

「偏不熱！」天賜正在太陽地裡看螞蟻交戰，十分地入味兒。

「我是好意，這孩子！」

「不許看螞蟻打架嗎?!」好意歹意吧，攪了人家的高興是多麼不近情理，況且看螞蟻打仗還能覺到熱嗎？

「偏叫你進來！」

「偏不去！」又替黑螞蟻打死三個黃的。

宣戰了！可是太太不肯動手，大熱的天，把孩子打壞了便更麻煩。不打可又不行。退一步講，出去拉進他來，他也許跑了，也丟自己的臉。

「四虎子！」太太在屏風門上叫，不敢高聲，怕失了官派，「你跟福官玩玩，別讓他在太陽底下曬著。」

四虎子來了，在天賜耳旁嘀咕了兩句。

「上門洞說去？」天賜跟著黃天霸的朋友走了。

太太不久也學會了這招兒，可是不十分靈驗。

「福官，你要是聽說呀，我這兒有香蕉！」

天賜連理也不理，誰稀罕香蕉！幾年的經驗，難道誰還不曉得果子專為擺果盤，不給人吃？媽媽是自找無趣。

為賭這口氣，媽媽真拿了根香蕉。嗯，怎樣桃子底巴上短了一口呢？三個，一個上短了一口！

「福官！這是誰幹的？」

「桃兒呀？」福官翻了白眼，「反正，反正我才咬了三口，湊到一塊還趕不上一整個！」

媽媽放聲地哭了。太傷心了：自己沒兒，抱來這麼個冤家，無處去說，無處去訴！

天賜慌了，把媽媽逼哭了不是他的本意。拐著腿奔了四虎子去：「咱哥倆想主意，媽媽哭了！」

「為什麼？」

「我偷吃了桃！」

「幾個？」

「三口！」

「怎麼？」

「一個上一口，湊到一塊還不夠一整個；挨打也少挨點！」

在桃兒的壓迫下，算錯了賬是常有的事。

他們找紀媽去勸慰太太，太太更傷心了。沒法說呀！不能說天賜是拾來的，不能。可是你為他留臉，他不領情。三個大桃，一個上一口！

好容易媽媽止了悲聲，天賜和四虎子又做一度詳細的討論。四虎子的意見是：「我要是偷，就偷一個；你的錯處是在一個上一口！」

「求爸賠上媽媽三個呢？」天賜問。

「也好！」

偷桃案結束了以後，太太決定叫天賜上學；這個反勁兒，誰受得了？孩兒念書，在老太太看，與其是為識字還不如是為受點管教。一個官樣的少爺必得識字，真的；可是究竟應識多少字，老太太便回答不出了。她可是準知道：一個有出息的孩童必須規規矩矩，像個大人似的。因此，她想請先生來教專館。離著先生近，她可以隨時指示方針；先生實在應當是她的助手。

牛老者不大贊成請先生，雖然沒有不尊重太太的主張的意思。商業化：他並不能謀劃得怎樣高明，可是他願意計算一下；計算得好歹，他也不關心，不過動動算盤子兒總覺得過癮。他的珠算並不精熟，可是打得很響。太太一定要請先生，也好；能省倆錢呢，也不錯。他願意天賜入學校。

這裡還有個私心；天賜上學，得有人接送；這必定是他的差事。他就是喜歡在街上遛遛兒子。有兒子在身旁，他覺得那點財產與事業都有了交代，即使他天生來的馬虎，也不能完全忘掉了死，而死後把一堆現洋都撒了紙錢也未免有失買賣規矩。可是太太很堅決：不能上學校去和野孩子們學壞！她確是知道天賜現在是很會討厭，但她也確信天賜無論怎樣討厭也必定比別人家的孩子強。

再說，有個先生來幫助她，天賜這點討厭是一定可以改正的。牛老者犧牲了自己的意見，而且熱心幫忙去請先生；在這一點上，他頗有偉大政治家的風度。所以怕太太有時候也是一種好的訓練。

牛老者記得死死的，只有「老山東兒」會教館，不知是怎麼記下來的。見著朋友，他就是這一句：「有閑著的老山東兒沒有，會教書的？」

不久，就找著了一位。真是老山東兒，可是會教書不會，介紹人並沒留意。介紹人還以為牛掌櫃是找位夥計或跑外的先生呢。及至見了面，提到教書問題，老山東兒說可以試試，他彷彿還記得幼年間讀過的小書：眼前的字們，他確是很能拿得起來，他曾做過老祥盛的先生。一提老祥盛，牛老者肅然起敬：

「老祥盛？行了，家去見見吧！老祥盛。」這三個字有種魔力，他捨不得放下，「老祥盛的老掌櫃，孟子冬，現在有八十多歲了吧？那樣的買賣人，現在找不到了，找不到了！」

王寶齋——前任老祥盛的管賬先生——附議：孟子冬孟老掌櫃那樣的人確是找不到了；他死了三四年了。

王寶齋有四十多歲，高身量，大眼睛，山東話亮響而纏綿，把「腿兒」等字帶上嘟嚕，「人兒」輕飄地化為「銀兒」，是個有聲有色的山東人。

束脩多少，節禮怎送等等問題，王老師決定不肯說，顯出山東的禮教與買賣人的義氣：「你這是怎麼了，牛大哥，都是自己銀兒！給多少是多少，給多少是多少；我要是嫌少，是個屌！」王老師感到激動，不自覺地說著韻語。

老者本來不敢拿主意，就此下臺，回家和太太商議。太太有點懷疑王寶齋的學問與經驗。老者連連地聲明：「老祥盛的管賬先生，老祥盛的！」太太仔細一想：沒有經驗也好，她正可以連天賜帶老師一齊訓練。於是定了局：每年送老師三十塊錢的束脩，三節各送兩塊錢的禮，把外院的堆房收拾出一間做宿室，西屋做書房，每天三頓飯——家常飯。

「就是花紅少點！」牛老者的批評是。

「節禮！」老太太不喜歡商業上的名詞，「以後再說，教得好就多送。」

八月初一開館。天賜差不多是整七歲。

十　開市大吉

念書，請老師，不好就打……弄得天賜連飯也不正經吃了。什麼是書呢？牛老太太雖然講官派，可是牛宅沒有什麼書。牛老者偶爾念念小唱本，主要的目的是為念幾行，眼睛好閉上得快一些。一本小唱本不定念多少日子，而且不定哪一天便用它裹了銅板。天賜不曉得書是什麼東西，更不知道為何要念它。老師這個詞也聽著耳生，而且可怕——帶「老」字的東西多數是可怕的，如「老東西」，老虎……

他得和四虎子商議一番：

「咱哥倆問你幹什麼念書？」

「念好了就做官，念不好就挨板子！」

天賜的心涼了半截。「什麼是老師呢？」他的小眼帶出乞憐的神氣，希望老師是種較比慈善的東西。

「老師教給你念書，手裡拿著板子。」四虎子不能不說實話，雖然很難堪。

天賜不言語了，含著眼淚想主意。待了半天，他問：「我打他行不行呢？」

「不行，他個子大，你打不了他。」

「咱哥倆呢，你幫助我？」

四虎子非常難過，他沒法幫助他的朋友；老師是打不得的！他搖頭，天賜哭了。

八月初一就快到了！天賜一天問四虎子六七次：「還有幾天？」

「早著呢，還有三天！」四虎子想給朋友一點安慰，可是到底說了實話。三天！可憐的天賜！「不用怕，下學之後咱們還能練刀玩，是不是？」

這個都沒引出天賜的笑來。挨了板子還有什麼心程練刀呢！「三天以後，一定是八月初一？」

「一定！」

跑不了了！兩個朋友都默默無言，等著大難臨頭。天賜所有的想像都在活動著：書也許是個小鬼，老師至少是個怪物，專吃小孩，越想越怕，而怕得渺茫；到底不準知道為什麼，為什麼給小孩請個怪物來呢？為什麼必得念書呢？

「就不許咱們玩嗎，連好好地玩也不許嗎?!」天賜的小心兒炸開了。他直覺地知道玩耍是他的權利，為什麼剝奪了去呢？為什麼？

四虎子受了刺激，他想起自己的幼年來：「你還比我強得多呢！你七歲？我由六歲就沒玩過，撿煤核，拾爛紙，一天幫助媽媽做苦工，沒有玩的時候。八歲，媽媽死了。」他愣了會兒，「八歲，我夏天去賣冰核，冬天賣半空的落花生。九歲就去學徒，小刀子鋪，一天到晚拉風箱；後來又去賣冰核，我打小刀子鋪跑出來，受不了風箱的煙和熱氣——連腳上全是頂著白膿的痱子，成片！還挨打呢！十二歲我上這兒當碎催，直到如今！你強多了！別怕，下學之後，我和你玩；不說瞎話！咱哥倆永遠是好朋友，是不是？」

天賜得到一點安慰。可是一進裡院，這點安慰又難存在了。

「看你還用磚頭溜我的窗戶不?!」紀媽看天賜到了上學的年齡，怎能不想起自己的小孩；想起自己的小孩還能對天賜有好氣？

「一天到晚圈著你，叫老師管著，該！看你還淘氣，拿大板子打，我才有工夫去勸呢！」

「用你勸？先打你一頓！」雖然這樣嘴皮子強，天賜的心中可是直冒涼氣。

媽媽還不住地訓話呢。越躲著她越偏遇上她，一遇上就是一頓：

「福官，你這可快做學生了，聽見沒有？事事都有個規矩。老師可不同媽媽這麼好說話，不對就打，背不上書來就打。提防著！好好地念，長大成人去做官，增光耀祖，聽見沒有？」

天賜不敢不聽著，低著頭，卷著鼻子，心裡只想哭，可又不敢，雙手來回地擰，把手指擰得發了白。

爸是最後的希望。紀媽無足輕重。媽媽的話永遠是後話：什麼長大了做官，什麼她死後怎樣。四虎子的是知心話，但是他沒去請老師，當然他不曉得老師到底怎麼樣。得去問爸，爸知道。

「爸！爸！」

「怎著，小子？請坐吧！」爸就是愛聽「爸」字，喜歡得不知說什麼好。

「老師幾兒來？」

「八月初一。」

真的！

「老師愛打人呀？」天賜的心要跳出來。

「我不知道。」牛老者說的是實話。據他看，老祥盛的管賬先生怪和氣的，不像打人的樣兒；可是太太設若一張勁托咐，「老山東兒」也未必不施展本事。這個高身量大眼睛的先生，要是打人，還管保不輕。他只顧了講束脩送花紅，始終沒想到這個打人的問題。他覺著有點對不起天賜。他不願意兒子挨打，可又沒法反抗太太的管教孩子。他的壞處就是沒有主張。「咱們得商量商量。」他道歉似的說。

天賜看出來機會，學著紀媽著急時的口氣：「老師要打我，我就死去！」

「可別死去！」老頭兒揪著黃鬍子想主意，「這麼著吧，我先對老師說一聲，別打人！他要是打你，我就扣他的工錢！」

天賜心裡舒服了點。「老師也拿工錢哪，我也先扣他點！」

牛老者又覺得有點對不起王寶齋。左右一為難，想出條好辦法來：馬馬虎虎就是了。媽媽是條條有理，不許別人說話；爸是馬馬虎虎，凡事抹稀泥。天賜就是在一塊鐵與一塊豆腐之間活了七歲。

八月初一到了！天賜怕也不是，不怕也不是，一會兒以為老師是怪物，一會兒想起扣老師的工錢。

小馬褂又穿上了，等著拜老師，天賜像閃後等著雷似的，臉上紅一陣白一陣。

老師來了！四虎子報告的時候，聲音都有點岔批兒。天賜不敢看，又願意看，低著頭用眼角兒掃：原來老師是個人，高大，一眼看不到邊！

老師似乎沒大注意天賜，只對爸媽一答一和地說話兒，聲音響亮，屋裡似乎嗡嗡地響，天賜只聽見了聲音，可是聽不明白大家是說什麼；他覺著非常的慌亂，好像一切熟識的東西都忽然變了樣，看著果盤上的鮮紅蘋果都不動心了。

牛老太太要考考老師，問先念什麼書？老師主張念《三字經》，並且聲明《三字經》和《四書》湊到一塊就是《五經》。

牛老者以為《五經》太深了些，而太太則以為不然：「越深越好哇！不往深裡追，怎能做官呢！」

這些，對天賜都沒意義；下面的幾句，他聽明白了：「王老師，」媽媽的聲調很委婉，「追他的書是正經，管教他更要緊。只管打他，不打成不了材料！」

「嫩皮嫩骨的！」牛老者低聲地說。太太可是沒聽見。

天賜的心反倒落下去了，跑是跑不了，等著挨打吧，「他媽的！」正在這麼個工夫，忽聽老師說：「先拜聖人吧！」

天賜又嚇了一跳，四外找，並不見什麼聖人或生人。

牛老太太早就預備好了聖人牌，在條案上供著。牌前香爐蠟籤，還有五盤鮮果。牛老者點著高香，插在爐內。牛老太太扯著小馬褂，按在墊子上：「給聖人磕頭，磕九個，心裡祝念著點，保佑你記性好，心裡靈通！」

天賜看著香光煙霧，心中微跳，明知案上是個木板，可是由不得不恭而敬之，這塊木板與普通的木板大有不同，這是聖人！

拜完了聖人該拜老師，王寶齋一勁兒謙恭，可是老太太非請他坐著受禮不可：「師父，師父！老師和父親一邊兒大！」王寶齋沒的可說，五雞子六獸地受了禮，頭上出了汗。天賜莫名其妙，哭也不好，笑也不好，直大口地咽氣。

拜完師，參觀書房。天賜沒顧得看別的，只找有板子沒有。桌上放著呢！二寸寬，煙袋那麼長。王老師拿起來，掄了掄：「真可手，我的夥計！」天賜以為這就開張，嘴唇都嚇白了，直往爸身後躲。

「老師說著玩呢，說著玩呢！」牛老者連連解說。天賜看老師把板子放下了，又假裝地笑了，笑得像個屈死鬼似的。

媽媽去監督紀媽做飯；菜是外邊叫來的，四盤四碗四碟，該蒸的蒸，該熱的熱。紀媽急得直出汗，因為蒸完熱完，再也擺弄不像原來那麼好看；老太太得自己下手。

牛老者陪著老師在書房說話，天賜穿著小馬褂在一旁侍立，來回地換腿，像個要睡的雞。他們的談話內容，他不十分懂，可是很耳熟，正像往常爸和客人談的一樣：鋪子、行市、牙稅、辦貨、三成利、看高、撒手……這些耳熟而不易明白的字在他們的話中夾雜著：這也許就是書？他想。

王寶齋很能講話，似乎和爸說得很投緣。王老師本來也是要露一手：他想把牛老者說動了心，拿點錢叫他去開買賣；教書，他滿沒放在心裡。閑著也是閑著，先有個吃飯的地方，慢慢地再講。

酒飯上來，四虎子一邊端菜，一邊向天賜善意地吐舌頭；天賜可忍不住了，哭出了聲。

「別哭哇，小子！陪著老師吃飯呵！」牛老者安慰著兒子。

「不吃！不陪！操姥姥！」

「四虎子！帶他玩會兒去！」

拉著四虎子的手，天賜把所有的委屈都翻上來，一邊抽氣一邊叨嘮，眼淚往小馬褂緊滴，滴得帶響。

「得，得了！太太可就上前院來，叫她聽見又不答應！」四虎子勸著，「擦擦眼淚！啊，對了！那天咱們不是說，黃天霸打鏢——打誰來著？」

天賜想起黃天霸來，心氣壯起了點。四虎子跟他玩了會兒，說：「我還得端菜去呢。」天賜也沒強留他，只囑咐：「要是有丸子呀，給咱哥倆拿兩個來。」四虎子給私運來一個饅頭、兩個丸子，天賜拿丸子當鏢往嘴裡打，吃得分外的香甜。

第二天開始上書，天賜無論如何也記不住：「人之初，性本善。」王老師瞪著大眼睛把嘴唇都說木了，徒弟還是記不住。他本來沒有耐性，不過為討牛老者的好，真不肯和天賜鬧起來。他看著天賜怪可憐，本想和他瞎扯一回，又怕牛太太聽見。他沒想到教書會這麼難！沒辦法，只好死教：人之初，人之初，人之初……說到不知是五百遍還是五百五十遍，他說走了嘴：人之初，狗咬豬！

「老師！我記住了，狗咬豬！」天賜心裡非常地痛快，「我告訴四虎子去吧！人之初，狗咬豬，人一出來，一瞧，喝，狗咬著一個大母豬！」

王老師不敢高聲地笑，憋得反倒要哭。他不能叫天賜出去：「人之初，性本善，會說不會？」

「性——善是怎回事？」天賜大著膽問。

把老師問住了：「這是書，你得記著，不用問！」

天賜不問了，可是把狗咬豬記得死死的，怎麼也改不過口來。王老師出了汗，這要叫老太太聽見，像什麼話呢?!

「先寫字吧！」老師想出個主意來。天賜也覺得寫字比念書有興趣：筆，墨，紅模子，多少有些可抓弄的，老師先教給拿筆，天賜賣了很大的力量，到底是整把兒攥合適。王老師也不管了：反正這不是個長事，給他個混吧，愛怎寫怎寫。

天賜大把兒握筆，把墨都弄到筆上，筆肚像吃飽了的蜘蛛。然後，歪著頭，用著力量，按著紅道兒描；一頓一個大黑球，一頓又一個大黑球。描了幾個字，墨已用乾，於是把筆尖放在嘴裡潤一潤，隨著用手背抹了一下，嘴兩邊全長了鬍子。又描了兩個，墨色不那麼黑了，有點不高興，於是翻過紙來改為畫小人，倒還有點意思。不喜歡誰就畫誰，所以畫媽媽。畫了個很大的頭，兩個頂小頂小的腳。一邊畫一邊想著：「抱著小腳哭一場！」

王老師始終沒管他，看著天花板盤算：牛大哥要能拿三千：倒天利的鋪底，就說二千；上千十來塊錢的貨；收拾收拾門面；不夠也差不離；小鋪子不壞！書教不了，一天兩天的，跟孩子搗亂還可以；整本大套的可幹不來！看了天賜一眼，畫小人呢！隨他的便，愛畫就畫吧，自要不出聲老實著就好。要是倒的話，得趁著八月節前；等錢用，可以賤點。節前倒過來，收拾收拾，報鋪捐，等著批，九月初橫是能開張了，正好上冬天的貨。嗯，得給劉老九寫封信，問問毛線的行市。

他拿起管筆來，往硯臺上倒了點水，把筆連連地抹，抹得硯上直起泡兒。然後，鋪好了紙，拉了拉袖子。又在硯抹筆，連抹帶摔，很有聲勢。左手按住了紙，嗽了一口；筆在拇指與中指之間轉了幾圈。下筆很重，中間細，收筆又重；一收筆，趕緊又在硯上抹；又寫，字大而聯貫，像一串兒小螃蟹。

天賜看入了神。老師寫字多麼快呢！他不畫小人了，也照老師的樣兒寫字，很快，比老師還快。老師寫完一段，低聲地念一遍；天賜畫了一串黑東西，也嘩哩嘩哩地念著。這還有點意思。

一直到八月節，天賜並沒學出什麼來，可是和王老師的感情不壞。人之初還是狗咬豬，又學會好些山東話，什麼桌子腿兒（帶嘟嚕的），銀兒，他說得滿漂亮。對於王老師的舉動，如好拉袖子，用大塊手巾擦腦門，咳嗽時瞪眼睛等，他也都學會。寫字還是一疙瘩一塊，畫小人可有些進步：滿臉只有個嘴的是紀媽，只有眼睛的是王老師。可是一高興也許把嘴畫得很小，比如紀媽責備了他之後，他便把她的嘴畫成一個黑豆似的：「看你怎吃飯！」

八月節是頭一次該送節禮，雖然才教了半個月，但這是個面子。

牛太太不送！書才念了兩頁，淨畫小人兒，也不打學生，節禮不能送！

王老師願意幹的話得另打主意。

「可是福官跟他很好。」牛老者給說情。

「不能由著孩子！」

十一　沒有面子

沒送節禮，王老師也沒什麼表示。這叫牛老太太很悲觀：有些人是非指著臉子說不可，不懂什麼暗示與鬥心眼！她得明告訴老師：這個教法不行！她實在不願這麼辦，可又無法。

王老師根本就沒記著節禮這回事，他急的是牛老者的慢騰騰的勁兒。牛老者對他開鋪子的計畫完全贊同，也答應下給他出資本，可就是沒準日子。他得耐心地等著，求人拿錢不能是件痛快事。他暫且和天賜敷衍吧，多會兒錢到手多會兒搬鋪蓋；著急，可是很堅決。牛老太太說什麼，他和顏悅色地答應：「對！得打！對！得多念！你老放心，牛太太，沒錯兒！」他知道他不能打天賜，他下不去手。他也知道這簡直是個騙局，想起來就臉紅，可是無法。錢是不易周轉的，不能輕易撒手牛老者。

一直對付到年底，他和天賜成了很好的朋友。《三字經》走得很慢，可是天賜得到好多知識。王老師告訴了他許多事兒：山東有濟南府，當鐧賣馬的秦瓊秦二爺家住這裡，還有賈家樓，群雄結拜。由這兒就扯到了《隋唐演義》，王老師出去買了一部石印的，以備參考。

天賜最佩服李元霸，鍾震四平山。此外，老師還說山東有泰山，有青島，有煙臺……都使天賜的想像充分活動開。山，海，煙臺蘋果……原來世界並不是四合房的院子，院裡有兩株海棠樹！「煙臺有多少蘋果？」

「開花的時候，一二十里，一眼望不到邊，就像地上堆起一夏天的白雲！」

「！！！」天賜說不出話來了，他恨不能立刻飛到煙臺，看看那一眼望不到邊的蘋果花。他並不想吃，是要看看那麼些花！「比由門口到老黑的鋪子還長？」

「長得多！都是花；到了七月，看那些果子吧，青的，半紅的，像條花地毯似的，遠看著。」

「多麼好看！」

「還多麼香呢！」

「怎麼上山東呢？」

「坐火車。打這裡呀，三等票，六塊多錢，到濟南府。離濟南有二百里地就是泰山，泰山上，夏天還得穿棉袍子，涼快極了！」

「火車是怎回事？」天賜聚精會神地問。

可惜王老師的科學知識太不高明，他說不上來火車到底是怎回事。他只會形容：「一串小鐵屋子，屋子裡有座兒；口悶一響，小鐵屋子全你拉我，我拉你，一直跑下去。」

形容也好，反正比《三字經》有意思。

這半年就這麼下去了，天賜沒有學到什麼，可是心中覺得寬了，他常想起那一眼望不到邊，又美又香的蘋果；還有那高入了雲的泰山，和小屋子會跑的火車，還有鍾震四平山……對於人情，他也領略了一些。他覺到王老師的可愛。老師已經給他買過兩本《三字經》了。他沾上唾沫掀書，一掀把書角掀毛了，再掀，落下一塊來。掀著掀著，書掉下好些去。老師給買來一本新的！天賜不過意了：「這臭書，一掀就撕！」他實在是責備著自己。

「你要輕輕地一劃，把書頁的尖兒劃起來，看，這麼著，就撕不了了。」果然，那樣是輕俏而且有意思，第三本《三字經》的字一個也沒弄殘。偶爾要發瘋而狂翻書頁的時候，他會管束住自己，這本新書是老師給的：「老師，我把那本舊的快翻一回吧？看我能掀得多麼快！」於是廢物利用，那兩本舊的專為過癮用，呲呲地掀得非常的快，也很滿意。

那塊竹板還在，可是他已不再怕它，有時候反倒問老師：「老師，你怎老不用板子呢？」

「手心癢癢啊？」老師笑了，「不愛打人，我家裡也有小孩！」

老師不笑了，「三的跟你一邊兒大。你幾月生日？」

「過了八月節；那回不是老師放我一天學？」

「對了；三的是四月的，比你大。」

「他在哪兒呢？」

「在家裡呢。」老師愣了半天才說，「做買賣真不容易呀！」

天賜不大明白這是什麼意思，可是看得出老師有點不大歡喜，他不往下問了；趕緊磨墨寫字，磨得天上地下全是墨。連耳朵後邊都有一對黑點。

到了年底，王老師的地位再也維持不住了。牛老太太沒說別的；「二十三祭灶，老師就請吧！」這也就很夠了。二十二晚上，他和牛老者見了一面，牛老者背著太太借給他一千塊錢。他沒叫天賜知道，便搬了鋪蓋。臨走他給了四虎子一塊錢：「你花兩三毛錢給天賜買個玩藝兒，剩下是你的；告訴你，夥計，天賜有聰明！」

知道王老師已經走了，天賜自言自語地在書房裡轉磨了半天。除了家裡的人，王老師是他第一個朋友。這個朋友走了！他不愛念那臭書，他願聽王老師說山東青島和煙臺蘋果。那些事他都記得真真的；可是王老師走了，他只能自己裝作王老師，瞪著大眼睛，似笑不笑的，拉拉袖子，告訴天賜：「天賜，一眼望不到邊，全是蘋果！」天賜裝得很像，可是往老師的椅子上一看，沒了，什麼也沒有；彷彿在哪兒有點王老師的笑聲和「銀兒」，只是找不到！「你愛什麼不是，偏不給你；你愛誰不是，偏走了！」他自言自語地說。

過了年，來了位新老師，也是老山東兒——四虎子管他叫作「倒楣的山東兒」。這位先生是真正教書的，已經在雲城教過二十多年書，大家爭都爭不到手。雲城人不知道米老師的簡直很少。米老師的個子比王老師還高，大肚子，腦袋除了肉就是油，身上老有股氣味。

把他放在哪裡，他也能活著，把什麼樣的孩子交給他，他也會給打悶過去。他沒有老婆，似乎天生不愛女人，專會打孩子。

天賜聽說新老師來到，他不像初上學那樣害怕了。由王老師的友愛，他斷定新老師也必是個朋友。他沒有小朋友和他玩，只能希望在成人中找點恩愛。他很高興地上學。可是一見了米老師，他的心涼了。米老師坐在那兒，壓得椅子直響，一臉的浮油，出入氣兒的聲音很大，嘴一嚼一嚼地嘎唧著，真像個剛出水的鱷魚。

「拿書來！」米老師的嘴咧開，又嘎唧了幾下。

天賜顫著把書遞過去。

「念到哪兒了？」

天賜翻了兩頁，用小指頭指了指。

「背！」老師的嘴嘎唧上沒完了，好像專等咬誰似的。

天賜背了幾行，打了磕巴。

老師的大手把書一掃，掃到地上：「拿去念！再背不上來，十板子，聽見沒有？」說完，嘴嘎唧著，眼閉上，一動也不動，就那麼一簍油似的坐著。

按照媽媽的規矩，天賜不能去拾那本《三字經》，這是種污辱；按著爸的辦法，滿可以扯著長臉去拾起來。天賜不知怎樣好。可是他的確知道，他討厭這個老師，這個老師不是朋友。看老師的眼是閉著，他想溜出去，找四虎子商議商議。

他剛一挪腳，老師的眼睛開了：「上哪兒?!」

天賜本能地想跑。他已經糊塗了，只想躲開這個老東西。還沒跑出兩步，他的細胳臂被隻胖手握住，往回一甩，他幾乎摔倒。

「念去！」老師的嘴嘎唧得很快，眼角露出點笑意。

天賜決定反抗。他知道這個東西一定比媽媽厲害，但是不能再思索，他有時候不近情理地反抗媽媽，因為媽媽好管事，對這個上手就摔人的東西，他更不能夠受。馬上決定了，他走，看這個老東西怎樣！他本想多一個朋友，誰知道世上有這樣的老東西呢？他得反抗，這不是他的過錯。

他的嘴唇咬上了，翻著小眼珠看了看那堆肉。他慢慢地往前走；跑是沒用的，他的腿不跟勁。老師以為他是來拾書，眼角的笑意更大了些。嗯，他還往前走！老師的胖腿橫在門上。天賜用手去推，用胸口碰，紋絲不動。老師笑得非常得意，這是一種貓對老鼠的戲弄，使他心裡舒服。天賜更討厭他了，下口去咬。老師的笑臉當時變了，一手揪住天賜的領子，一手抄起板子來。天賜較上了勁，他一聲不出，可是眼淚直落。

「來！把手伸出來！」

天賜咬著唇，耗了半天，「你敢！」這一聲喊得非常的高，本想不哭出聲來，可是沒法不哭了。

牛老者在家呢，聽見喊聲跑了過來。

「米老師，孩子還小呢！」牛老者拉住了天賜。

四虎子也趕到了，把天賜抱了走。

牛太太也趕來，她責備牛老者不該這樣護著孩子，牛老者看天賜那個樣，決定和太太抵抗。這回他不能再聽太太的話，他不能花錢雇個山東兒專來打孩子。他的態度不但使太太驚異，也使米老師動了氣：「不幹就是了！不打，能教出本事？教了二十多年的學，沒受過這個！」

牛太太不能捨棄這樣負責的先生，可是老頭兒今天似乎吃了橫人肉，他一句不饒。正在這麼個當兒，四虎子和紀媽都在院裡，由四虎子發言，擁護天賜：「看誰敢打？不揍折他的腿！」

在歷史上，牛太太沒經驗過這樣的革命。她雖盡力保持她的尊嚴，可是沒法攔住大家的嘴。最沒辦法的是牛老者這次首先發難，她不能當著老師的面打丈夫幾個嘴巴，不能。既然治不住丈夫，四虎子等自然就橫行起來。連紀媽也向著天賜？這使她想起老劉媽來。紀媽並非一定向著天賜，不過看孩子受氣便想起自己的孩子，而覺得孩子是該在活著時疼愛的，等孩子死了再疼就晚點了。

牛老太太不便當著老師和男人們吵嘴，她找了紀媽去：「有你什麼事？雞一嘴，鴨一嘴的！做你的事去！」把紀媽喝到後院去，她自己也回了北屋。跟頭是栽了，可是不能失了官儀；在北屋等著牛老東西。

牛老者也很堅決，坐在書房裡不動。米老師有經驗，先生和東家不和是常有的事，可是以先生的地位而鎮靜著，東家也不會馬上就把先生趕出去。他還一簍油似的安坐在那裡，等著東家給道歉。

牛老者沒有道歉的意思，吸著「哈德門」一勁兒說：「要走就走！要走就走！打我的兒子，不行！」

四虎子和天賜還在院裡聽著，四虎子直念叨：「咱們給他一鏢！」

米老師把二論典故、字彙等收拾起來：「好了，牛先生，咱們再見！看好了你的孩子，死了可別怨我！」

牛老者的嘴笨，登時還不出話來。

四虎子接了過去：「走吧，小心著點你的肚子，灑了油可別怨我！」

米老師走後，太太和老爺開了火。牛老者一聲也沒出，只在心中玩味著勝利的餘威。太太聲明不再管請先生了，「愛念書不念，愛怎鬧怎鬧！不管了，管不著！孩子大了沒出息，別怨我，我算盡到了心。」

對於天賜，她拿出最客氣的嚴厲：他叫媽便答應著；不叫，她連看也不看，眼睛會由他身上閃過去。她表示不再管他。這是件極難堪的事，但是沒法不這樣，她的善意沒人領略，何必再操心呢？

牛老頭兒心裡也不好受，他真愛天賜，可是因為兒子而長期抵抗太太也不是辦法。為平太太的氣，他不大帶天賜出去玩。於是天賜便成了四虎子的孩子。

半年的工夫，沒人再提請先生，他把那點《三字經》忘得一乾二淨，可是沒忘了煙臺蘋果和米老師的嘎唧嘴。

十二　教育專家

天真是兒童的利器，希望是媽媽自己的「藥片」。天賜的天真與媽媽的希望，漸次把家庭間的不和醫治好了。媽媽到底還得關心孩子；撒手不管只能想到，事實上是做不到的。天賜還得上學；為鬧脾氣而耽誤了孩子讀書是種罪過。牛老太太厲害，可還不這麼糊塗。

這次，決定去入學校，據調查的結果，雲城最好的小學是師範附小。在這兒讀書的小孩都是家裡過得去的，沒有牛太太所謂的野孩子，學費花用都比別處高。

天賜又穿上了小馬褂。有爸送他去，他一點也沒害怕，以為這不過是玩玩去。到了學校，爸把他交給了一位先生；看著爸往外走，他有點心慌，他沒離開過大人。在家裡，一切都有媽管著，現在剩了他自己，他不知怎麼才好。也不敢哭，怕人家笑話——媽媽的種種「怕」老在他心裡。及至看見那麼多的小孩，他更慌了。

他沒想到過，一個地方能有這麼多的孩子，這使他發怵。他不曉得怎樣和他們親近。誠然，他和老黑的孩子們在一塊兒玩耍過，可是這裡的孩子們不是那樣。那些大點的差不多都穿著雪白的制服，有的是童子軍，都惡意地笑他呢——小馬褂！那些年紀小點的也都看著很精明，有的滾著鐵環，有的拍著小球，神氣都十足，說的話他也不大懂。

這些孩子不像老黑家裡的那麼好玩，他們彼此也不甚和氣：「給你告訴老師去！」「我要不給你告訴去才怪呢！」老在他們的嘴上。他們似乎都不會笑，而是擠著眼唧咕。那些大的有時候隨便揪住兩個小的碰一頭，或是捏一下鼻子，而後唧咕著走去，小的等大的走遠才喊：「給你告訴去！」

小的呢，彼此也掏壞，有的用手指挖人家脚脖子一下，假如那位的襪子有個破口；有的把人家的帽子打在地上：「賠你一個，行不行？爸爸有的是錢！」而後童子軍過來維持秩序，拉過一個來給個坡脚；被踢的嘟囔著：「還是他媽的童子軍呢！」

童子軍持棍趕上來：「哎，口出惡言，給你回老師去！」

他們吹哨，他們用腳尖跑，他們唧咕……天賜看著，覺得非常的孤寂。他想回家。那些新入學的，都和他差不多，一個個傻子似的，穿著新衣，怪委屈的。他們看著大孩子們買麵包、瓦片、麻花等吃，他們袋裡也都有銅子，可是不敢去買。一個八稜腦袋的孩子——已經念了三年書，可是今年還和新生們同級——過來招呼他們，願意帶他們買點心去，他們誰也不去，彼此看著，眼裡含著點淚。

搖鈴了，大孩子都跑去站隊，天賜們愣著。有個很小的，看人家跑他也跑，裹在人群裡，摔了一跤，哭成人陣。八稜腦袋的又來了，他是學識不足而經驗有餘，趕著他們去排班。先生也到了，告訴他們怎排，大家無論如何聽不明白。

先生是個三十來歲的矮子，扁臉，黑牙，一口山西話。他是很有名的教員，做過兩本教育的書。除了對於新學生沒有辦法，他差不多是個完全的小學教師。天賜不喜歡他的扁臉。排了好大半天，始終沒排好，他想了會兒，自己點了點頭。他一個個地過去拉，拉到了地方就是一個脖兒拐：「你在這兒漲著！」大傢伙並不明白「漲著」的意思，可是脖兒拐起了作用，誰也不再動了。先生覺得這個辦法比他的教育理論高多了，於是脖兒拐越打越響，而隊伍排得很齊。再排一回，再排一回；有個小禿尿了褲子。天賜也憋著一泡，怕尿了褲子，於是排著隊，撩著衣襟，尿開了。別人一看，也摟衣裳，先生見大事不好，整好隊伍先上了廁所。

先生的教育理論裡並沒有這一招兒，他專顧了講堂裡邊的事，忘了學生也會排泄。

上了講堂，天賜的身量不算矮，坐在中間。他覺得這小桌小椅很好玩，可是坐著太不舒服。先生告訴大家要坐正，大家聽不明白，先生又沒了辦法，還得打脖兒拐。「繩子坐正！」拍！「繩子坐正！」拍！

然後他上了講臺，往下一看，確是正了，他覺得有改正教育原理的必要。他開始訓話，「買第一冊國翁，公明，算數；聽明白了沒有？」仍做一繩白制服，不准瘡小馬褂；聽明白了沒有？」他把「沒有」說得非常的慢，眼珠還隨著往一邊斜，他覺得這非常像母親的說話法，小孩子聽了必定往心裡去。「明白了沒——有——」大家發愣。

磨煩到十點半鐘，天賜一共挨了五六個脖兒拐，他覺得上學校也沒什麼意思。他也不敢反抗，因為別人都很老實地受著，這當然不是一個人的事，他不敢有什麼表示。況且八稜腦袋的還告訴他：「今個都好，就是脖兒拐沒有去年的響！」天賜的想像又活動開：山響的脖兒拐大概也很有意思。看見爸來接他，他覺得上學更有意思了：看見的事太多了，簡直報告不過來。本來在家裡只能跟四虎子瞎扯，而所扯的全是四虎子的經驗。現在他自己有了經驗，這使他覺到自己的尊嚴，連挨脖兒拐都算在內。

「爸，人家都買麵包吃，晌午我也買吧？爸，有一小孩尿了褲子，我沒有。爸，別穿小馬褂了，人家都穿白的——白的——爸，有一小孩把人家的帽子打在地上。爸，老師說話，我不懂，八稜腦袋的也不是懂不懂；橫是他懂，爸，還排隊，啪，打我腦瓢一下，我也沒哭。爸……」

爸有點跟不上趟了，只一個勁地「好！」「那就好！」拉著天賜，天賜不住地說，眼看著爸的臉，不覺地就到了家。

顧不得吃飯，先給四虎子說了一遍。然後給媽媽也照樣說了一回。媽媽說都好，就是不穿小馬褂沒道理。

剛吃完飯，就張羅上學。他準知道學校裡有許多可怕的人與事與脖兒拐，可是也有一些吸力，叫他怕而又願去，他必得去看那些新事和他的小桌小椅。他必須親手去買個麵包吃！在家裡永不會有這些事。

上過一個禮拜的課，天賜的財產很有可觀了：自制服，洋襪子，黃書包，石板，石筆，毛筆，鉛筆，小銅墨水匣，五色的手工紙，橡皮……都是在學校販賣部買的，價錢都比外邊高著一倍，而且差不多都是東洋貨。

牛老者對於東洋貨沒有什麼可反對的，他抱怨這個價錢。並不是他稀罕這點錢，他以為學校裡不應當做買賣；學校把買賣都做了，商人吃什麼？牛老太太另有種見解：學校要是不賺錢，先生們都吃什麼呢？孩子為念書而多花幾個錢是該當的，這是官派。天賜不管大人的意見怎樣，他很喜歡自己有這麼些東西。最得意的是每天自己親自拿銅子買點心吃，愛吃什麼就買什麼，差不多和媽媽有同樣的權威。

在同學裡，他不大得人心。在家裡他一人玩慣了，跟這群孩子在一塊，有的時候他不知怎樣才好，有的時候他只看自己的玩法好，別人都不對。有時候他沒一點主意，有時候他的主意很多。他沒主意的時候，人家管他叫飯桶；他有主意的時候，人家不肯服從他。所以常常玩著玩著，人家就說了：「沒天賜玩了！」他拿出反抗媽媽的勁兒：「我還不願意玩呢！」於是他擰著手，呆呆地看著人家玩耍，越看越可氣；或是找個清靜沒人的地方，自己用手工紙亂折一回，嘴裡叨嘮著。

還有個大家看不起他的原因，他的腿慢。連正式做遊戲的時候，先生也循著大家的請求：「我們這隊不要天賜，他跑不動！」兩隊分好，競賽傳球或是遞旗，天賜在一旁待著。有時候他不答應：「我能跑！我能跑！」結果，他努力太過而自己絆倒。

慢慢地他承認了自己的軟弱。看著大家——連先生！——給得勝的英雄們鼓掌，他的薄嘴唇咬得很緊。他不能回家對四虎子說這個，四虎子老以為他是英雄，敢情在學校裡不能和人家一塊兒遊戲！他只能心裡悶著，一個人在牆根立著，聽著大家嚷鬧，沒他的事。

他得學爸爸的辦法：「也好吧，他媽的！」自然他會用想像自慰，而且附帶著反抗看不起他的人：「你等著，有一天我會生出一對翅膀，滿天去飛，你們誰也不會！」

可是在翅膀生出以前，他被人輕視。

有的時候，人家故意利用他的弱點戲弄他，如搶走他的帽子或書包：「嗐！你追來呀，追上我就給你！」他心裡的腿使勁，可是身子不動：「不要了，再買一個！」

人家把他的東西放在地上，他得去拾起。因此，他慢慢地有點愛媽媽了。媽媽的專制是要講一片道理的，這群小孩是強暴而完全不講理。氣得他有時非和媽媽講論一番不可：「可以把人家的帽子搶走，扔在地上嗎？媽？」

媽媽自然是不贊同：「壞孩子才那樣呢！」

他心中痛快了一些，逐漸地他學著媽媽的辦法判斷別人：「這小子，沒規矩！」到他自己做了錯事，他才馬馬虎虎。因此，他的嘴很強，越叨嘮話越層出不窮。他能把故事講得很好。

因為講故事，他得到幾個朋友——都是不好動的孩子，有的是身上有病，有的是吃多了動不得。他們愛和他玩，聽他瞎扯。他因為孤寂慣了，很會無中生有地找些安慰，所以他會把一個故事拆成倆，或兩個拼成一個，他們聽得很高興。在這種時節，他恢復了他的尊嚴，能命令著他們，調動他們：「你別說話！」「你坐在這兒！」「咱們先點果子名玩，然後我說黃天霸。」大家只好點果子名玩，要不然他不給說故事。他覺得他有點像媽媽了，大家都得聽他的。

先生也不很喜歡他，因為他自己的主意太多。愛聽的，他便極留心聽，他能回講得極好，如司馬光擊甕救小孩，如文彥博灌水取球，如兩個青蛙對話。他不愛聽的，完全馬馬虎虎，問他什麼他不知道什麼。先生教算數，他在石板上畫小人；他不愛算數。先生不愛這路孩子，先生願意學生老愛聽他講，不論講什麼。先生不願意孩子們大聲地笑，除非在操場上。

天賜既不能參加遊戲，人家越笑他越委屈，所以他有時候在講堂上笑起來，比如他忽然想起一件可笑的事。他一笑，招得大家唧咕起來——在教室裡至多只能唧咕，老師就永遠不大笑而唧咕——於是秩序大亂，而天賜被罰，面壁十分鐘。

他越來越討厭老師的扁臉，而老師也似乎越來越不愛他的扁腦袋。老師要是有意和孩子過不去還是真氣得慌，有時候他被天賜氣得吃不下去飯。可是天賜不是有心氣老師，他以為老師應當多說些故事，少上點算數，而且臉別那麼扁。

這孩子對什麼都有個主張；你越不順著他，他就越堅決。只有罰站的時候，他沒了主張。大家都坐著，只有他獨自向壁，這不大好受。在這個工夫，他馬馬虎虎了，拉倒吧，就站站會兒去，向牆角吐吐舌頭。

這種學校生活叫他越來越「皮」。他得不到別人的善遇，於是他對人也不甚講交情。他會扯謊，他會在相當的時機報仇，他會馬馬虎虎假裝喊著國文，而心裡想著別的事。他也學會了唧咕，用舌頭頂住腮，用眼睛笑。

只有和四虎子在一塊，他還很真誠，把國文上的故事說給四虎子聽，說得有聲有色，而且附帶著表演：「你等等，我給你比方比方。」把擊甕救小孩的故事說到半截，他跑了。一會兒又回來了，袋裡裝著一塊小磚，手裡拿著個玻璃杯，杯裡滿盛著水。把一個粉筆頭放在水內：「這是小孩，噗咚，掉在水裡，喊哪，救人哪——喝，我聽見了，我就是司馬光。來了，不要緊；看著！」掏出磚頭，拍！杯碎了，把粉筆頭救了出來。「明白了沒有？」

「玻璃杯可是碎了呢？」四虎子說。

「喲！」

商議了半天，還是得跟爸要錢賠上一個杯子。

「可是比方得真好！」四虎子誠心地欣賞這個表演，「這件事也體面！」

「哼！老師不叫我細說！我一說噗咚，他就問，書上哪有噗咚？臭老師！」天賜出了口惡氣。

十三　領文憑去

到了三年級，天賜上學的火勁不那麼旺了。上也好，不上也好，他學會了告假。有點頭疼，或下點雨，算了，不去了。在家一天也另有種滋味。所以使他鬆懈的原因是學校裡的一切都沒有準稿子，今天這樣，明天那樣，他的心力沒法集中，所以越來越馬虎。這個學校是試驗的，什麼都是試驗。以主任說，一年就不定換上幾個，每一個主任到職任事總有個新辦法，昨天先生說上課時要排好，今天新主任來了說上課要趕快跑進去。

這個主任注重手工，那個主任注重音樂，還有位主任對大家訓話說，什麼都是那回事，瞎混吧。有時候試行複式制，兩三班在一塊，誰也不知幹什麼好。有時候試驗分組法，按著天資分組，可是剛分好組又不算了。主任的政策不同，先生們的教法也不一樣。一年換一位先生是照例的事，而一年換三四位先生也常有。一位先生一個脾氣，一個辦法，有的說書包得掛在身旁，有的叫把它背在身後。天賜有一回把書包頂在頭上也並沒有人管。書也常換，念書的調子也常改。都是試驗。

先生與學生的感情也不一樣，這位先生愛這幾個小孩，過了兩天，那位先生愛那幾個小孩，好壞並沒有什麼標準。先生的本領也不一樣，而一樣地發威，有的先生天生的啞嗓而教音樂，他唱得比壓著脖子的蝦蟆還難聽，可是不准學生笑。有的肥得像豬而教遊戲，還嫌學生跑得不快，他自己可始終不動。有的一脖子黑泥給學生講清潔，有的一天發睏給學生講業精於勤。

天賜不知道怎樣才好，於是只好馬馬虎虎。每逢到了暑假前就更熱鬧了，一大批師範生來實習，一點鐘換一位先生。大家哪裡還顧得念書，專等給先生們起外號了。實習生有的由老遠就瞪著眼來了，到了講臺上，沒等學生坐好，就高聲喊起來，連教育原理帶心理學全給學生說了，直說一點鐘。有的一上臺就哆嗦，好像吃了煙袋油子的壁虎，一句一個「鄙人」。大家不敢笑，級任先生在一旁看著呢。等大家實習完了，學生也明白先生們才二五眼呢。

還有呢，哪位先生都要學生尊敬，可是先生們自己彼此對罵：張先生在課室上告訴學生，李先生缺德；李先生說張先生苟事。等到先生們有運動做主任的時候，那就特別地熱鬧：學生們得照著先生編好的標語寫在紙條上，學生得回家告訴家長擁護王先生或是趙先生。一年說不定有這麼幾回，每回學生都無須上課一兩個星期。學生們也不曉得到底誰好誰壞。一切都在忙亂複雜中，誰也摸不清是怎回事。只有一件事是固定的，就是學生用費越來越高，而學生也越來越多。

「費」的名目很多：園藝費，遊戲費，旅行費，演講會費，手工費……費越高學生越多。雲城是個買賣城，賺幾個錢的商人都想把兒子造就起來，由商而官以便增光耀祖；花錢多的學校必是好學校，所以都爭著上這裡來。學校呢，得表現成績以增高信用。除了先生們搗亂，就是開會，開會就又收費。運動會，懇親會，遊藝會，畢業會，展覽會，每年必照例地舉行。他們的會確是比別處的好，制服齊，學生臉上有肉，花樣離奇。

這是學生家裡老太太小媳婦來玩一天的好機會，她們非常佩服那些先生，特別是自己的小孩參加一項或兩項運動或遊藝——那點「費」沒白花！小六兒會表演「公雞打鳴」，二狗子居然用三個指頭行禮，當童子軍！開會前後，沒人再看課程表，畫圖的一天畫圖，做手工的一天做手工，一個好手兒給大家畫，老師做的也寫上學生名字，作文是改好了再抄，誰的字好誰抄。天賜沒事。運動沒他，他的腿不跟勁。遊藝沒他，他的臉不體面。他會說故事，可是一到臺上他就發慌，他不會像別人那樣裝腔作勢。

什麼也沒他，他只和一些「無業遊民」隨便打轉，或在課室溫課，趕到回到家中，他給四虎子表演，很能叫好，可是在學校裡他沒有地位。他慢慢習慣下來，也就滿不在意了。他的鼻子卷著，輕視一切，正像個學油子：凡事不大關心，也不往前搶，他混。

學校裡的會不能不開，學校外的不能不去。提倡國貨，提倡國術，提倡國醫，提倡國語，都得是小學生提倡。他們提燈，他們跑路，他們喊口號，他們打旗，他們不知道是怎回事。

天賜不喜歡參加這些個會，因為他的腿受不了。可是他必得去。人家那長得體面的，或手工圖畫好的，可以不去；老師們對運動會遊藝會等的臺柱子特別加意保護；學校外的會是天賜們的事，不去就開除的。他不明白為什麼他必得去，去挨擠受冷受熱和跑腿。他願意安安靜靜地說個或聽個故事，可是他必得上那人喊馬叫的地方去擠，把燈籠擠碎，紙旗刮飛，嗓子喊乾，算是完事。

這些會比學校裡的還難堪：學校開會，他可以逍遙無事，到圖書館中盡興地看圖畫故事，叫他的心裡豐富。學校外的會，除了跑酸了腿與跑成土猴，別無作用。

在這種忙亂紛擾中，他平日所要反抗的那些媽媽規矩倒變成可愛的了。他自幼就不愛洗臉，可是經過這麼長久的訓練他不喜歡自己變成土猴。他嫌媽媽禁止他高聲說笑，可是在街上吶喊使他更厭惡。他不願在家裡受拘束，在街上的紛亂中叫他愛秩序。家庭的拘束使他寂苦，街市上聚會的叫囂也使他茫然。他不知怎樣好，他只覺得寂寞，還得馬馬虎虎，只有馬馬虎虎能對付著過去一天。他不再想刨根問底地追問，該去的就去，提燈就提燈，打旗就打旗，全都無所謂。

對於同學們，他也是這樣，愛玩就玩，不玩就拉倒。有欺侮他的，他要找個機會報復；不能報復的，他會想出許多不能實行的報復計畫。他們專愛叫他：拐子腿，扁腦勺！他也去細找他們的特點，拿扇風耳，歪鼻子等做抵抗；不易找到的時候，他只好應用，「拐子腿是你爸爸！」他們今天給你一張手工紙，明天就和你討要，或是昨天托你給保存著一張小畫，而今天說你搶人家的東西。他明白了界限，誰的東西是誰的；不要動別人的，也不許別人動自己的。可是把別人的東西弄壞一點，假如沒有多大危險，如給帽子上扔把土，或把書摔在地上，是可以做的。

大家都以弄髒別人的東西為榮，誰的爸爸更闊，誰便更敢這麼做：「賠你！賠你！」是他們最得意的口號。那些大學生更了不得，腕上有手錶，腳上穿著皮鞋，胸前掛著水筆，他們非常地輕看教員，而教員也不敢惹他們。

天賜沒有這些東西，媽媽不准小孩子這樣奢侈。他很羨慕他們，再也看不起磚頭瓦塊什麼的，這使四虎子很傷心。四虎子一輩子沒有想到手錶有什麼用處，而天賜常和他抱怨：「人家都闊闊的，手上有錶！」

況且那些有錶的學生可以隨便上先生們屋裡去，隨便和先生們說笑，而天賜永沒有和先生們說過親密的話，先生也不拉他的手，也不拍他的腦袋。自然他也會不稀罕這些，可是鼻子終歸得卷起很高才能保持自己的尊嚴。

羨妒和輕視是天然的一對兒。他忌恨人家有手錶，同時他看不起老黑的孩子們了。他渴望與他們玩玩，可是機會到了，他又不能跟他們在一塊了。原先，他愛他們的自由，赤足，與油黑的脊背；現在，他以為他們是野，髒，沒意思。他們身上有味，鼻垢抹成蝴蝶，會罵人；而他是附屬小學的學生。他不再珍貴他們那些野經驗。他知道的事，他們不知道。他們去捉蜻蜓，掏蟋蟀；他會拿錢買蜻蜓與蟋蟀。

錢花得多，就買到更大更能咬的蟋蟀。他的同學誰沒有幾個蟋蟀罐兒，誰稀罕自己捉來的「老米嘴」與「梆兒頭」？他不能再和他們在一塊兒跑，他穿著雪白制服，他們光著腿，萬一被同學看見呢？萬一被先生看見呢？他們還捉蒼蠅玩呢！先生不是說過，蒼蠅能傳染病？

他們捉到小貓小狗，說不定就給剝了皮；先生不是說，得愛惜動物麼？他心裡真願意弄死個小動物，可是他得裝出慈善，他是學生！他什麼也不真知道，可是他有不少的道理：由先生與同學得來的。這些道理是絕對沒錯的。由家裡帶一塊點心到學校去吃是「寒磣」。在學校裡買才是真理。看著老黑的孩子們啃老玉米，他硬咽唾沫，也不肯接過來吃，他們不懂衛生！在學校裡，比上那些有手錶的，他渺小得很，比上老黑的兒女們，他覺出他是了不得的。

到了快畢業，他更覺得不凡。八稜腦袋的，據說，還得留級；別人都可以畢業，得文憑。天賜知道畢業不是什麼難事，他準明白：這四年就那麼晃晃悠悠地過去了，他並沒有什麼出奇的地方。可是比起八稜腦袋的來，他覺得到底他是心中有點玩意兒；八稜腦袋的算數才得了五分！老師說了：八稜腦袋的設若得十分，就也准他畢業，他偏偏弄了個五分。天賜得了四十五分呢！況且國文是七十五分！豆細工，他拾了別人不要的一個，也得了六十分！他一定可以畢業。

連媽媽都尊敬他了，快畢業的學生！他得要一雙皮鞋，一管帶卡子的鐵杆鉛筆，一轉就出鉛，一盒十二色！媽媽都答應了。媽媽得去看畢業會；爸也得去！叫爸穿上綢子大褂。

「爸畢過業嗎？」他問媽媽。

媽媽不能不說實話：「爸沒有上過學校。」

天賜有點看不起爸了：「爸的國文沒得過分數！」他點頭咂嘴的，帶著小學畢業生──特別是雲城的──那種貧樣。

他就是不敢惹四虎子。一來因為他倆平日的感情，二來因為四虎子拿著他的短處。

「咱哥倆問你，」他還用著幾年前的言語，「上海在哪兒？」

「上海？離天津不遠！」

「你不知道，結了，完了！」

「不知道又怎樣呢？」四虎子反攻。

「等我拿國文去。」天賜轉了彎。

「沒人愛看你的臭國文！我問你，下雨的時候，誰把你背回來？說！」

「咱哥倆呀！」天賜折溜子，知道下大雨要沒人背著是危險的。

「結了，完了，」四虎子故意地學著敵人的用語，「少跟我耍刺兒；不高興，背著背著一撒手，扔在河裡餵了王八，我才不管什麼畢業不畢業！上海在哪兒嘍，瞎扯臊！」

「那反正，反正，結了！」天賜窩了回去。

「別長習氣，蒜大的孩子！」

「你才是蒜，獨頭蒜，蒜苗！」

「去，一邊去，不用理我！」

「偏理你！」天賜過去抓四虎子的癢癢肉，四虎子也不笑。天賜沒臉，可是知道四虎子沒真生氣，也心中承認自己是有點裝蒜。他從此不再對四虎子施展學問，表示身分。他得真誠地拿四虎子當作朋友。四虎子曉得他的一切。

真畢業了。開畢業會這天，天賜極興奮。穿上了新皮鞋，胸袋上卡住了一轉就出鉛的筆。走路很用力，為是增高皮鞋的響聲；可惜拐子腳，兩腳尖常往一塊碰，把鞋尖的皮子碰毛了兩小塊。一邊催媽，一邊催爸，去看會。他沒覺到學校給了他什麼，可是他今天特別地愛學校，學校今天給他文憑——連爸都沒得過！四虎子在門口又向他吐了吐舌頭。

同班的學友也都打扮得很整齊，差不多都穿著皮鞋，彼此聽著皮底子的響聲。八稜腦袋的雖然又留級，也穿上皮鞋，看別人畢業彷彿是他的最大快樂。級長——一個小白胖子——拿著張紙，看看，嘴裡咕唧咕唧，又看看，又仰頭咕唧，臉上一紅一白的；他預備「答詞」呢。天賜領著媽爸去看成績。爸看見他的作文——七十五分。

「寫得還可以？」媽低聲地問。

「不錯。」爸心裡計算著，「七十五分，七錢五，差不多就是一兩：比一塊現洋還重點呢！」

天賜沒敢指出他的豆細工來，雖然也得了六十分，可是不是他自己做的，他覺著有點虧心。他找算數卷子，沒有找到，大概六十分以下的都沒陳列出來，他很感謝先生們。學友們也都領著家長看成績。

家長們搖著扇子，慢慢地看，「還好！」點點頭；卷子拿倒了，學生忙過去矯正。態度也非常自在，指指這，看看那，偷著往嘴裡送個糖豆，頂在腮部，等泡濕了再嚼，以免出聲。

開會了。畢業生坐在前面，家長在後邊。臺上是商會會長，師範校長，和其他的重要人物。先生們坐在台下左右，倒好像學生是商會會長教出來的。

國歌校歌都唱得很齊，還向國旗鞠躬。牛老者本來把草帽已摘下來，見別人戴著帽鞠躬，他又趕緊戴上了。老太太們還沒立俐落，人家已經鞠完了躬，只好再坐下。抱著小孩的根本立不起來，孩子被前邊的人影壁擋住，什麼也看不見了，急得哭起來。好幾位鄰居的老太太幫著勸慰，才住了聲。

再看臺上，附小主任報告呢。主任穿著洋服，說一句話向上翻一下眼，報告了有四十分鐘，大意是這些畢業生都是將來國家的棟樑；可是畢業只是學程上的一段落，學問是無窮的……他坐下，師範校長立起來。他說話聲音很細小，好似不大耐煩和小學生們說話。可是也說了三十分鐘：學業是永不休止，畢業不過是一段落……該商會會長了。鼓掌特別地激烈。會長說著驚人的四書句兒與國文上的名詞：「學然後知不足，不論是銀行的經理，還是古聖先賢，都是這樣的。不論在水陸碼頭，還是商埠，也是這樣的。活到老，學到老。諸位是將來的知縣，將來的經理，可是得知道，學然後知不足。學是如此，個人的財產也是如此，有一萬的可以賺五千；有一萬五的賺八千；湊到一塊就是兩萬多！」

台下鼓掌如雷，連小孩子們都精神起來，會長趁著機會轉了彎，「禮義廉恥，國之四維！凡事要拿聖賢的道理作準，聖人的道理就好比商會定的規矩！……」他一共說了四十多分鐘。

天賜聽著，吃著糖豆。屋裡的空氣越來越悶，他的眼慢慢地閉上了，牙自動地嚼著糖豆。商會會長下面還有五六位演說的，他都沒聽見。忽然聽見一聲：「牛天賜！」肋部挨了一肘，他醒過來：「我沒吃糖豆！」

「拿文憑去！」

十四　桃園結義

天賜入了高小。只隔了一個暑假，他的地位可是高多了。他可以不大答理初小那些小鬼了，學校裡的一切，他都熟習。他和有手錶的們是肩膀一邊兒齊了。老師雖是熟人，可是一上課就說給他們——現在是大學生了，不要再叫先生張心[1]，大家須知自重。

聽了這番話，天賜細看自己，確是身量高了，而且穿著皮鞋！他得知道自重。又趕上這位老師對大家都很好，誰有什麼長處他都看得出，他說天賜有思想。這使天賜的臉紅起來，腳也發飄。他決定好好地用功。回講的時候，他充分地運用著想像與種種名詞，雖然不都正確與有用，可是連老師帶同

1. 張心：勞神。

學都承認了他的口才與思想。他常到圖書館去借小故事書，他成了全班中的故事大王，於是也就交下幾位朋友。

這些朋友可是真朋友了，吃喝不分，彼此可以到家中去，而且是照著「桃園三結義」的圖拜過盟兄弟的。一共是五個人，天賜是老三。他很喜歡被叫作「老三」，想像著自己是張飛。大哥的爸爸是在縣衙門裡做官。天賜去給大哥請安，看到了官宦人家的派頭並不和媽媽所形容的一樣。大哥的家中非常的髒，亂；使他想不出怎麼大哥的制服能老那麼白。大哥的媽一天到晚吸著香煙，打著小牌，瓜子皮兒蓋滿了地。

天賜不喜歡髒亂，可是也不敢否認這種生活的正當，因為大哥的媽到底是官兒太太，而大哥自己將來也會做官的。不論怎麼說吧，盟兄弟們來往得很親密，彼此也說著家事。

大哥的爸仗著「活錢」進得多，所以媽媽有錢打牌。二哥的爸是當鋪的掌櫃，所以二哥的身上老有樟腦味兒。天賜也得告訴人家。他開始和媽打聽：爸有幾個買賣，多少所房子，多少錢。他把媽媽說的都加上一倍：爸有十來個鋪子，十來所房子，錢是數不過來的；他想像著曾和爸數過一天一夜的錢，連四虎子也幫著，都沒數過來！他也就這樣地告訴了他們，雖然覺得有點不誠實，可是怪舒服。他把兄弟們「唬」住了。他們自然也不落後，他的爸越闊，他們的爸也越了不得。大哥的爸甚至於一夜贏了一千多塊！這時候大家的想像都在錢上，而且要實際表現出來，大哥今天請大家吃糖；明天，二哥爭先地應許大家，他請吃瓦片，每人五塊！

可是，不到兩個月的工夫，大家都覺得這有點討厭了。大哥也不怎麼看著二哥很不順眼。恰巧這個時候，二哥告訴四弟：「你可別說呀！昨個，大哥的媽上我們鋪子當了一個錶，而且並不是好錶！你可別說呀！」四弟本想別說，可是心中癢癢，於是告訴了大哥。大哥和二哥開了打，把以前彼此請客的互惠都翻騰出來：「誰他媽的吃了人家口香糖？」「對！也不是誰他媽的要人家的手工紙！」

天賜看不過眼去，想為兩位盟兄說和，可是二位兄長都看他更討厭：「你是幹什麼的？拐子腿！」

於是兄弟五人都「吹」了，手心上一口氣，他媽的「吹！」

「吹？那是！彼此誰再理誰是孫子！」

兄弟五人吹過，開始合縱連橫另組織聯盟，以便互相抵制。先生們也有在暗中操縱的，使某某幾個人聯合，以先生為盟主。家長們聽說兒子與誰吹了，又與誰合了，也願參加意見：「不用跟沈定好，他家賣米，咱們也賣米，世仇！聽見沒有？」

天賜在這種競爭裡，充分地運動著想像：和誰合起來，足以打倒誰。他按照著「木羊陣」等的佈陣法設下毒計，怎用翻板暗箭，哪裡該設下消息埋伏，又怎樣夜走荒郊，探聽消息。他想到的比做到的多，可是他自己覺著做了不少；有時候想到便是做到了。他想到去探聽誰和誰又有新的結合，他心裡便做成一個報告：他和他在操場埋下炸彈，或是他請了他擺下天門大陣。這使他自己很恐慌，也有頭有尾地告訴別人，於是班中的空氣時時緊張起來，而先生罵他「瞎扯！」

他也學會怎樣估量人的價值：班上有幾個永不得志的人，屈死鬼似的永遠隨著人家屁股後頭；他們沒有什麼可說，說了也沒人聽。他們永遠當「下手」，因為他們的爸爸不高明。誰的爸爸錢少，誰就得往後站。天賜的想像中永遠不為他們擺陣設埋伏。

可是，不久他又變了主張。他開始自己讀《施公案》，不專由四虎子那裡聽了。他學會了「鋤霸安良，行俠作義」。這更足以使他的想像活動。一個人自己有錢，偏要幫助那窮苦的，這是善心。善心可遠不如武藝的更有趣味：一把刀，甩頭一子，飛毛腿！一個人有這等本領，隨便把自己認為是壞人的殺了，用血在牆上題詩！他覺得班友的合縱連橫沒意思了；殺幾個，或至少削下幾個鼻子來，才有價值。

但是，他沒多大希望，他的腿成不了飛毛腿！紀媽已經封就了他：「你呀，屬啄木鳥的，嘴強身子弱！」

學校裡有武術，他只能擺擺太極，兩手亂畫圈兒；打個飛腳，劈個叉，沒他。武術先生說了：曾經保過鏢，一把單刀，走南闖北，和「南霸天」比過武。「南霸天」一刀剁來，他一閃身，飛起左腳把刀踢飛！

武術先生的確可以行俠作義，看那兩條腿！天賜只能在想像中自慰，他想用軟功夫，用太極行俠作義：見了惡霸，一刀剁來，他右手一畫圈，腿往後坐，刀落了空，而後腿往前躬，依著惡霸的力量用力，一聲不響把他擠在牆角，動不了身。是的，太極也行，自己的腿不快，軟倒還軟！他想好不少套招數，而且頗想試試。頂好是拿八稜腦袋的試手，八稜腦袋的天生地沒勁。他右手一畫圈，八稜腦袋的給他左臉一個嘴巴。天賜假裝笑著，還往後坐腿：「你打著了我不是？我是沒防備，我這兒練往下坐腿呢！你坐坐試試，能坐這麼矮？」八稜腦袋的果然坐不了那麼矮，可是天賜臉上直發燒。完了，太極也不中用，他只能在嘴皮子上行俠作義了。他很愛念念小說，甚至結結巴巴的，連蒙帶唬的，念《三國志演義》。四虎子不能再給他說，他反倒給四虎子說了。最得意的是媽媽有時候高興，叫他給念一兩段《二度梅》。他的嗓音很尖，用著全身的力量念，有不認識的字也沒關係，他會極快地想怎合適怎念。

念得滿頭是汗，媽媽給他一個果子：「明兒再念吧，天賜。」

年假後開學，天賜讀小說的機會更多了。來了兩個插班生，其中有一個就是昔年曾與他玩過而被媽媽拉走的那個小禿，現在是叫陸本善。他們是親戚。學友因合縱連橫的關係，彼此偵探家中的情形，而這位親戚便依著他媽媽的心意把天賜叫作「私孩子」。

這三個神秘而又卑賤的字使大家心跳，都用另一種眼神細細重新審定天賜：「拐子腿，私孩子是拐子腿的！或者扁腦勺是私孩子的記號？」「私孩子」在大家的嘴唇上嘶嘶地磨著，眼睛都溜著天賜，沒有人再和他親近，沒有人再約他到家中去玩，沒有人再聽他的故事。學校，對於天賜，成了一個絕大的冰窖。他們遠遠地看著他，嘀咕，竊笑。繼而看他並不咬人，他們大著膽子挨近他來，碰他一下，趕緊又走開：「喲，私孩子身上也有肉，我的乖乖！」他們碰他，擠他，絆他的腿，瞪他，向他吐舌頭。天賜恍惚地想起先前自己在家裡捏棉花的情形，沒有人跟他玩。不過，那時候沒有人譏誚他，現在一天看著別人擠眼。他可以忍受孤寂，但是受不了嘲弄。他不曉得到底什麼是私孩子。有時候逼急了，他想用武力解決，可是他幹不過他們。他的淚常在眼圈裡轉。

「媽！媽！他們叫我私孩子！」他想媽媽必能給他出氣。

可是媽媽沒有什麼表示，只極冷靜地說：「甭理他們！」

他向四虎子要主意，四虎子主張：「跟他們幹，我幫助你，單個地釣出城去，揍！」

天賜很滿意這個辦法，可是事實上做不到。「我告兩天假吧？」他提議。

「你一告假，他們就更欺侮你，」四虎子說，「去，天天上學，看他們把你怎樣了？太爺不含糊！」

天賜確是有點怕他們了，可是四虎子壯起他的氣來，他會消極地抵抗，自幼他就會。他拿準了時間，約摸著快上堂了，他才到。上課的時候他低著頭聽講，下課後他獨自嚼點什麼，仰臉看天。圖書館是他的避難所，要不然就回家來。他就不想交朋友了。念小說，溫功課，他覺得出自己的功課有了進步，雖然心裡很堵得慌。他會想像，獨自個會在心中製造出熱鬧的世界來。他的心比身強。

只有禮拜天是快活的。爸和媽大概有了什麼協定，爸每到禮拜總張羅帶他出去玩，而媽並不攔阻。在爸的左右，他忘了想像與計算，爸對什麼都馬馬虎虎。他們爺兒倆在城外，或在戲園，會無憂無慮地發笑。可是趕到在回家的路上，天賜心中的黑影又回來了，他願和爸談心。爸在這種時節，能給他一些無心說而有心聽的刺激。

「管他們呢，」爸會說，「管他們呢！一個人只要成了事，連狗都向你擺尾巴。我一輩子馬馬虎虎，也有好處。你說是不是？」

這會兒爸變成極體面而有智慧的人。天賜又想像了：一旦自己成了大事，別人，哼，對我遞嘻和，[2]我也不答理！他試著把自己比作趙子龍，秦瓊，和黃天霸。不，他得是張良，或是朱光祖。他還得上學去，故意地氣他們。誰也不理。他匀出點心錢，買了把用洋火當子彈的小手槍。手槍在袋裡，手按著槍柄，看誰不順眼，心裡就向他瞄準，而口中低聲的：訇！又死了一個！

到了暑假，他考得很好。翻著小眼，他看著同學們。他們的嘴撇得更大了。他們不甘心在私孩子的後面，老師設若願意幹的話，得把天賜降到十名以外；不然的話，他們就退學。他們見了主任。主任囑咐先生把天賜降到第十五名，原來他本是第四名。勝利是他們的；主任覺得這樣辦非常地公道，一個被大家看不上的學生當然不能列在前幾名的。老師可是同情於天賜，但是他沒辦法，他不能得罪別的學生；附小向來有這個規矩——榜示的名次是可以隨意編排的。

天賜哭了。他決定不再上這個學校來。可是媽媽不答應：「偏去！偏去！

2. 遞嘻和：向人陪笑臉，有道歉之意。

看他們把你怎樣的了！你要是不去，那可就栽到了底！咱們還怕他們？你等著，我找主任去，我不把他的學校拆平了！」牛老太太是說得出行得出的。她可以去找商會會長，她在縣衙門也有人，她連師範校長都能設法打通。她不能受這個！

天賜見媽媽急了，他反倒軟下來。他取了爸的態度。他不願媽去搗亂；想像使他熱烈，也有時使他懼怕，他想像到媽媽打主任幾個嘴巴！他還上學就是了；好在隔著一個暑假呢。

暑假裡沒有同學來找他。他又想起老黑的孩子們來。到底是這些孩子可愛，他們不笑話誰，不挑撥事，他們只知道玩耍。他找了他們去。他們——一共五個，最大的是個姑娘，有十四歲了——同他出城去玩，一天有事情做，沒有工夫瞎扯與冒壞。他特別愛這個黑姑娘。

她有頂黑的眼珠，黃黃的頭髮。她現在已不赤背，可是到城外還扒下襪子。那四個男孩完全受她的指揮，他們管她叫「蜜蜂」。

雲城的北門外有一道小河，河身不深，水很清，水草隨著水溜流著綠葉。河心還浮著金與銀的小睡蓮，圓葉像碧玉的碟兒。兩岸都是楊柳，長條與蟬聲織成一片綠的音樂。河邊上有小魚，短葦裡藏著小水鳥，風裡有各色的蜻蜓。河岸左右都是田地。「蜜蜂」領著他們在河岸上玩，不用帶著玩具，動物植物都供給他們一些玩的材料。他們知道什麼蒼蠅最好釣什麼樣的蛙，什麼樹上有長犄角的「花牛」，什麼樣的蜻蜓是最好的「招子」。

天賜跟著他們，忘了學校裡的一切，他非常快樂。他也不嫌他們髒了，他們並不髒，至少是他們的腳，一天不知在水裡浸多少次。他們會用褲子做成水駱駝，在河裡騎著。那涼涼的水，柳樹下的不很熱的花樹影；腳在水裡，花樹影在脊背上，使他痛快得大聲地喊叫。他們也喊。於是他與「蜜蜂」各領一軍作水戰。他的想像與設計，使「蜜蜂」佩服他的戰略，他也佩服她的勇敢。

他捨不得離開他們，他們也拉著他不放，非到他們家去吃飯不可。他去了。老黑沒有理會他，直到快吃完了，才問「蜜蜂」，怎麼多了一個孩兒？哎呀，原來是福官來了！你看大家這個笑！

十五　天羅地網

第二學年的開始，天賜不打算再上學。媽媽有點犯喘，說是被他氣的。他不敢再彆扭，他不肯把媽媽氣病了。入學之後，大家對他不像先前那麼壞了，因為大家的注意已移到一兩個新學生的身上。

有一個新學生的姐姐，據說，叫作「大美人」。師範和中學的學生在課後常往那條街上跑，去看「大美人」。他們管「大美人」的弟弟叫作「二美人」。二美人長得很俊秀，頭髮被油漚得像洋瓷盆那麼亮。他很老實。大家摸他的臉蛋，抹他頭上的油而深呼吸地聞著，搶他的手絹。他不反抗，只在教員休息室門口立著，好避免大家的進攻。

天賜討厭他們的這種行動，可是敢怒而不敢發作。他知道，設若公開地護著二美人，大家一定會把他和二美人放在一類。他心中很難過，可是為自己的利益他不敢主持公道。再動同情心的時候，他得馬馬虎虎，他得冷靜。在作文的時候，他有次把他的憤怒發洩出來一些——他的文字只能說出心中所要說的十分之一。可是先生給他批上：「不平之鳴非小學生所宜發；和平實養天機。」先生對於大家欺侮二美人也不管不問，似乎那是該當的。這個，使天賜又想起來行俠作義，他真希望半夜裡取下他們的人頭，而後留下一張小紙，印著一朵梅花。他花了十個銅子刻了一個小木頭戳子——一朵梅。

學校又起了風潮。主任被撤職，教員們拒絕新主任。舊主任本來和學生們沒有多少接觸，更提不到彼此有什麼感情。可是經先生們在教室裡一演說，學生們全動了心，甚至於落了淚。先生們說：主任家裡有十個買賣，家裡的人有五六個做官的，他本人原來就不愛幹這個窮事，可是他為教育，為學生而犧牲，放著知縣都不做，而來做主任。這樣的人不應當擁護麼？再看新主任吧，一個窮光蛋，父親是個木匠，木匠！

沒有說完，大家已經決定了，附小絕對不能要木匠的兒子來做主任！誰的爸爸也比木匠高，甚至於二美人的爸爸也比木匠高。雲城裡，木匠是沒有地位的。擁護主任，主任要是走了，太陽就沒法再出來了。學生家長一律氣炸了肺，什麼？木匠的兒子？太好了，再等兩天，打掃茅廁的還做主任呢！絕對不行！

課不上了，標語寫了兩刀多紙：誓死反對小木匠；擁護革命的主任……課雖不上，大家可是都得上學。全體童子軍一律拿木棍當糾察。有不來的便是走狗；打倒小木匠的走狗！其餘的學生分為文牘股，庶務股，交際股，宣傳股，會計股，偵探股，衛生股，交通股，八大股。一年級的小學生也分在各股服務。

天賜被分在偵探股。這股的辦事細則還沒擬好，不過主要的工作已派定：校裡校外探聽消息，隨時報告給先生們。股員有四十多人，有在廁所裡巡邏的，看見有人去撒尿便得報告，而一二年級的小學生這兩天因為沒事可幹，常常去撒點尿解悶，於是被報告的不少。

天賜看不起這種工作，可是這緊張的空氣激動了他的想像，他想到些別人沒想到的危險與陰謀。他專在主任室外巡視，生怕房脊上偷爬著穿夜行衣靠的來行刺。越看那個屋脊，這越有可能。他偷偷地去裁了些小紙，印上一朵梅的暗號，並題上「狗主任，一刀一個不留情！」主任室門上，教員休息室內一帶等處，都貼了一張。然後他拿著一張去報告：「報告，有行刺的！」

先生到各處找「無名帖」，全學校的臉色全變白了。

天賜立刻成了英雄。大家爭著問他：「你是看見了嗎？」天賜的薄唇用力縮緊，一字一字地往外爆：「主任的房脊上，倆背單刀的！」

一個傳十，十個傳百，沒有半天的工夫，已經成為「牛天賜說的：他看見十個背單刀的！」

聽說的唯恐不確，必須親自來問：「你是看見十個背單刀的嗎？」

天賜不便否認，「還許是十一個呢，跑得太快，都是飛毛腿，不容易數，準得是十一個！」

天賜的名譽恢復了，他一點也不能是私孩子了，誰也沒這麼說過；他是朱光祖了。主任親派他為偵探股副主任。連主任上廁所都有十個糾察隨著，怕那裡有行刺的。

天賜向來沒呼吸過這麼甜的氣，他並沒把副主任擱在心上，而所喜的是他可以隨便運用想像，想像出來的不但使別人驚恐，連自己也害怕。他會由鬧著玩而漸變為鄭重其事地幹，他覺得真有刺客埋伏著了。他向先生們建議：得把武術先生請來教給大家打鏢。這又是獨到的，誰也沒想起武術教員來——教員們平日是不大看起他的。教員們也都佩服了牛天賜。

正在這個當兒，真正嚴重的消息來了：新主任已跟縣裡接洽好，要帶二十名保安隊來武裝接收！大家向武術教員要主意，他說他一個人能打四十個小夥子。他是鐵布衫，朱砂掌，刀槍不入。

可是待了一會兒，他偷偷地溜了。他一溜，大家更恐慌了。開了全體大會，一年級的小學生嚇得直尿褲子，當時由衛生股去相機處理。自然教員出了好主意：門口安電網。初級的學生暫放三天假。高級的全得帶武器來，在電網後堵防。學生登時都回了家去拿兵器，有的就沒敢回來。

天賜非常地熱烈，他管電網叫作天羅地網，這必會拿住幾個妖精。他把舊竹板刀找出來，沒告訴媽媽，偷偷又回了學校。校門上果然安上了鐵絲，可是還沒有通上電。天賜抱著竹板刀，在大門內站著，他的眼光四射，薄嘴唇咬著，一心等著廝殺，他十分地真誠。門口來往的人都向大門上細看：電網！電網！這回可有個熱鬧！這叫天賜的心跳得更快，他是行俠仗義的真黃天霸了。到了下午兩點，高級生雖只回來一半，可是不能再等了。大門關上，通了電流，天賜聽著門外的聲音，好像隱隱有天兵天將吶喊！

等到四點不見動靜，天賜不耐煩了。散了吧，歇會兒去，他來了爸的勁兒。他上了教員休息室，他是副主任。隨便拿起先生們用的茶碗喝了一碗，氣魄極渾厚。找了個座兒坐下，把刀順在腿旁。身上一累，腦子便遲鈍，他就想睡覺。他閉上了眼。約摸著有四點半鐘吧，他被人喚醒。眼前站著兩個保安隊！「叫什麼？」

「牛天賜。」天賜莫名其妙。

「幹什麼的？」一個問，一個往小本上寫。

「偵探股副主任！」

「副主任，哎？」保安隊打量了天賜一下，笑了，「走，回家去！」

「我這兒服務呢！」天賜還不肯走。

「去你的吧，小孩子！」保安隊扯著他的肩膀，往外一搡。

到了院中，天賜的心涼了，各處都把上了保安隊。原來新主任知道大門有電網，由後面登梯子跳牆進來了。他只好回家吧，雖然很後悔沒能廝殺一陣。

過了兩天，他到學校去看一眼。門外的標語已經換了：「歡迎有革命精神的×主任！」「打倒帝國主義走狗的×主任！」他認識這個筆跡，他的級任先生寫的。大門的旁邊貼著張佈告：「……牛天賜……等十名，應即開除！」

天賜糊塗了，這是什麼把戲呢？再看，不錯，是他被開除了。他不敢進去質問，門口有個保安隊站著，帶著槍！

他極慢地走回家去，不敢去告訴媽媽，媽媽這幾天不大舒服。可是不能不告訴，這不是丟了一管鉛筆什麼的那種事。怎麼告訴呢？他思前想後，越想越糊塗。不必想了，先看看媽媽去，假若正趕上媽媽喜歡呢，就告訴她。他假裝沒事人似的進了媽媽的屋中。他的眼神與氣色把他自己賣了，媽媽看得出來：「福官，學校怎麼著了？」

天賜想笑，沒笑出來。一個小學生最大的羞辱恐怕就是開除吧？

「沒，沒——」他結巴起來。

「怎麼了？福官！」媽媽的神氣有點可怕。

「開，開除了！」天賜的頭扭在一邊。

「誰？你？」

「我！」

媽媽半天沒說出話來。養起個官樣的兒子，就這樣呀！十幾年的心血，白費！天賜被人家開除了！但是媽媽必須知道個水落石出，為什麼開除呢？

天賜說不上來。

媽媽得到學校去問。為減少對於兒子的失望，媽媽希望這是學校當局的錯誤。她得去問。假若真是學校不對，她不能這麼善罷甘休；她在雲城有個名姓！天賜怕媽媽去，她的身體不大好。可是又希望她去，問個明白。

「走！跟我去！」媽媽很堅決。

天賜知道媽媽的脾氣，不敢不去。多麼難堪！媽媽去和先生吵嘴；還能不吵嘴嗎？平日最應尊敬的不是媽媽與先生麼？看著他們吵嘴！他的手哆嗦了。

牛老太太拉著天賜，極官樣尊傲地往校門裡走。天賜要鑽到地裡去才好。他受不了這種爭鬥。他好玩，也可以不玩；玩的時候運用著想像，不玩的時候便馬馬虎虎；他怕媽媽這種鄭重的實際的攻伐。保安員警攔住了他們。

「牛天賜的母親牛老太太見你們主任！」媽媽一口氣而字字清楚地說。

「主任不見。」員警說，神氣也夠傲慢的。

「你說的？是你——說的？」媽媽的眼盯住了員警的臉，「好吧，咱們縣裡說去！」

員警毛了。他看了看牛老太太的穿張，開始收兵：「看看去，主任也許見。」

「也許幹嗎？牛老太太賞他臉才來呢，叫出他來！」

天賜覺得媽媽的手拉得更緊了些。他要佩服媽媽，可是不能，他以為這太嚴重了。

主任出來，把牛老太太讓到接待室。

「牛老太太？」主任搓著手。三十多歲，一身洋服，上面安著個蝦蟆頭，說話吸著氣。

「你就是跳牆過來的那個主任呀？」牛老太太眼皮扣著，手放在膝上，聲音低而有力，很像位太后。「我不是來求你再收留天賜，聽明白了；我來問問你，為什麼開除了他？」老太太這才抬起眼皮，看著那個蝦蟆頭。

主任搓手，吸氣，咧嘴，心中很得意：老太太並不要求收回成命，這就好辦了；說話好聽不好聽的，沒大關係。雖然如此，他可是一時想不起說什麼好。再搓手，吸氣，咧嘴。天賜替他很難過。

「是的，是的，」主任搓著手，「沒什麼，老太太請回去吧！」

「你還沒說明白呢，」老太太的深眼坑裡窩著點黑火，「為什麼開除了他？」

「是的，教員們的主張，我剛到，不大清楚。」

「看你就露著糊塗樣子嗎，還清楚得了！」

主任要生氣：「老太太可也別——」

「別怎樣？別？老太太今天高興來教訓教訓你！你，就憑你，還有什麼蹦兒?!你打聽去吧，我有個名姓！我要叫你安安頓頓地做主任，我不算是我媽媽養的！」老太太對於這點並沒有把握，可是她知道雲城的教員們是不敢惹紳商的。

果然，主任又不生氣了；他就怕有家長出來搗亂。同行的搗亂好對付，家長是另一回事；在雲城辦教育而得罪了學生家長是滿有被人推到河裡去的危險。他又搓手，很像個不得主意的大蒼蠅。「是的，是的，老太太請回吧！我去商議商議看，自有辦法！」

「用八人大轎往回抬，我們也不在這裡念了，用不著你的辦法。我來問你為什麼開除了天賜；你說不上來！要不是你糊塗，就是你爸爸糊塗。擱著你的，放著我的！這是怎麼說的！天賜，給主任鞠躬，咱們走！」

主任只剩了吸氣，可是十分地努力把老太太送到校門外：「老太太慢走！是的！」

天賜非常地難過。他想起老黑的小孩在城外釣青蛙，為貪吃一個蒼蠅，蛙的腮掛在鉤上，眼努出多高，腿在空中踢蹬著，可是沒辦法，連叫也不會叫了，任憑人家擺弄，牠只鼓起肚皮。主任很像這個青蛙！他一天沒吃飯。

十六　一命身亡

老太太與主任的戰鬥雖然不很熱鬧，她可是沒省了力量。本來身體就不甚好，加上這一氣，她到家就病了。在精神上，勝利是她的；事實上，她的高傲的辦法使主任得去便宜。她這種由人格上進攻的戰法，在二十年前或者還能大獲全勝；主任是讀書要臉面的人呀，按老規矩說。

按老規矩，王朗是可以被罵死的呀。可是，現在的主任只求事情過得去：開除了，學生不要求回來，這豈不很順手；罵幾句算得了什麼？老太太白費了力氣，沒把主任怎樣了。她覺出她該死了。她一輩子站在禮義廉恥上，中等人家的規矩上，現在這些似乎已不存在了。她越想越氣。

天賜很難過。媽媽為他的事氣病，沒想到的事。遇到實際上的問題，他不能再想像，因為眼前的事是那麼真切顯明，他沒法再遊戲似的去處置。媽媽生病，事兒太鄭重，他不能再「假裝」怎樣了。他能假裝看見學校房上有十一個背單刀的，因為那裡的事不切近；媽媽是真哼哼呢，媽媽真是為他的事而生病。這裡邊有他！他迷了頭。他著了急：為媽媽去找藥，為媽媽去倒開水，他一心地希望媽媽好了。可是媽媽的病越來越沉重。他願常問問媽媽好些沒有，媽媽的身上疼，他願說——我給輕輕捶一捶？可是，他說不出口，他在屋中打轉，說不出。

媽媽說他沒良心，紀媽責備他不懂事。他有口難辯。在家裡，在學校裡，一向是生悶氣的時候多；同情往往引起是非，而且孤高使他不願逢迎。他會說故事，可是這並不能使他對人甜言蜜語的。遇到了真事，他怕。在想像裡他能鄭重；在真事裡他不能想像，因而也不能鄭重。他真願安慰安慰媽媽，可是媽媽是真病了，怎能假裝地去問呢？不假裝的還有什麼可說呢？

媽媽和一般的六十多歲的老人一樣，有病便想到了死，而且很怕死。這倒不一定是只怕自己不吸氣而去住棺材，死的難堪是因為別人還活著。死去也放心不下活著的，這使死成為不舒服的事。越到將死越覺出自己的重要，不然這輩子豈不是白活？她設若死去，她自己盤算：天賜該怎辦呢？老頭子由誰照應呢？那點產業由誰管理呢？……

越想越覺得自己死不得，而死也就更可怕。有一分痛苦，她想著是兩分，死越可怕，病勢便越發彷彿特別地沉重。她夜夜差不多夢見死鬼！

在親戚們的心中，牛老太太死在牛老頭兒的前頭是更有些道理的。他們惹不起她，可是她若在最後結個人緣的話，頂好是先死。他們自然沒法把她弄死；她自己生病可是天遂人願，他們聽說她病了都覺著心裡痛快。他們拿著禮物來看她，安慰她，同時也是為看看她到底死得了死不了；設若她的氣色正合乎他們所希望的，那點禮物算是沒白扔了。天天有人來看她，也很細心地觀察天賜。天賜直發毛咕。

在他們心中，老太太要是一病不起，他們會想法叫牛家的財產落在牛家人的手裡。天賜覺得他們的眼角有點不是勁兒。

牛老者給太太請了醫生。醫生診了脈，說不怕；吃兩劑小藥就會好的。他開了二十味小藥。牛老太太吃了一劑，病更重了，二十味小藥沒有一味有用的。又換了位醫生，另開了二十味小藥；這二十味大概是太有用了，拿得老太太說起胡話。

媽媽不像樣兒了。在燈下，她十分地可怕。她閉著眼，嘴唇動得很快，有時出聲，有時無聲，自己叨念。有時她手摸著褥邊：「對了，你拿這二十去吧；那三十你不能動！」她睜開了眼，向四外找：「走啦？拿了錢就走！早知道，少給他……」她愣起來，吧唧了兩下：「給我點水喝！」

天賜大著膽給了媽點水，媽咽了半口，「不是味！」天賜沒了主意。他沒想到媽媽會有這麼一天。他和媽媽的感情不算頂好，可是媽媽到底操持著一切，媽媽是不可少的。媽叫他呢：「福官，這來！」

天賜挨近了媽媽。「我呀，大概不行了。把抽屜裡的小白布包遞給我！」天賜找到了小包，要叫聲媽，可沒叫出來，他的淚下來了。他沒和媽這樣親密過，媽向來不和他說什麼知心的話。「打開，有個小印，小圖章，不是？你帶著它，那是你外祖父的圖章。你呀，福官，要強，讀書，做個一官半職的，我在地下喜歡。你外祖做過官！老帶著它，看見它就如同看見我，明白不？」

天賜說不出來什麼。他想不出做官有什麼意義，也顧不得想。他心中飄飄忽忽的。他看見了死。媽又說話呢，說得與他沒關係。這不像媽，媽永遠不亂講話！媽又睡去，全身一點都不動，嘴張著些，有些不順暢的呼吸聲兒。越看越不像媽了，她沒了規矩，沒了款式，就是那麼一架瘦東西。她的身上各處似乎都縮小了，看不出一點精力來。這不是會管理一切的媽媽。他不敢再看，轉臉去看燈。屋中有些藥味。他彷彿是在夢裡。他跑去喊爸。

爸來了，屋中又換了一個樣。爸的圓頭大肚使燈光都明了好些。屋中有了些熱氣。天賜看看爸，看看媽，這一間屋中有兩種潮浪，似乎是。他可憐媽那樣瘦小靜寂，爸也要落淚，可是爸的眼好看，活的。

媽睜開了眼，看看他們，極不放心地又閉上了，沒看完的一點什麼被眼皮包了進去，像埋了點不盡的意思。

媽的眼永不再睜了。

天賜哭不出聲來，幾年的學校訓練使他不會放聲地哭。他的心好像已經裂開了，可是喊不出，他咧著嘴乾泣。媽媽的壽衣穿好，他不敢再看，華美的衣服和不動的身體似乎不應當湊在一處。

弔喪的人很多，可是並沒有表現多少悲意，他在嘈雜之中覺得分外的寂寞。有許多人，他一向未曾見過，他們也不甚注意他。他穿著孝衣，心裡茫然，不知大家為什麼這樣活潑興奮，好像死了是怪好玩的。媽媽死了，一切的規矩也都死了，他們拿起茶就喝，拿起東西就吃，話是隨便地說，彷彿是對媽媽反抗，示威呢。

到了送三那天，他又會想像了。家中熱鬧得已不像是有喪事，大家是玩耍呢。進門便哭著玩，而後吃著玩，說著玩，除了媽媽在棺材內一聲不發，其餘的人都沒話找話，不笑強笑，他們的哭與笑並沒什麼分別。門口吹鼓手敲著吹著，開著玩笑。門外擺著紙車紙馬紙箱紙人，非常地鮮豔而不美觀。院裡擺著桌面，大家吃，吃，吃，嘴像一些小泔水桶。吸煙，人人吸煙；西屋裡還有兩份大煙傢伙。

念經的那些和尚，吹打著「小上墳」「歎五更」，唱著一些小調。孩子們出來進去，野狗也跟著擠。靈前點著素燭，擺著一台「江米人」，捏的是《火焰山》、《空城計》、《雙搖會》。

小孩進門就要江米人，大人進門就讓座。也有哭一場的，一邊抹淚，一邊「先讓別人吧」，緊跟著便是「請喝吧，酒不壞！」祭幛，輓聯，燒紙，金銀元寶，紅燜肉，煙捲筒，大錫茶壺……不同的顏色，不同的味道，不同的聲音，組成最複雜的玩耍。天賜跪在靈旁，聽著，看著，聞著，他不能再想媽媽，不能再傷心，他要笑了，這太好玩。爸穿著青布棉袍，腰中橫了一根白帶，傻子似的滿院裡轉。他讓茶讓煙讓酒，沒人安慰他，他得紅著眼皮勉強地笑，招待客人。

那些婦女，穿著素衣分外地妖俏，有的也分外地難看，都惦記著分點媽媽的東西，做個紀念。她們挑眼，她們彼此假裝地和睦，她們都看不起爸。天賜沒法不笑了，他想得出更熱鬧的辦法，既然喪事是要熱鬧的。他想像著，爸為什麼不開個遊藝會，大家在棺材前跳舞，唱「公雞打鳴」？為什麼大家不做個吃丸子競賽，看誰一口氣能吃一百？或是比賽哭聲，看誰能高聲地哭半點鐘，不准歇著？

這麼一思索，他心中不茫然了，不亂了；他鄭重地承認了死是好玩的。一個人應當到時候就死，給大家玩玩。他想到他自己應當死一回，趴在棺材裡，掏個小孔，看外面大家怎麼玩。或者媽媽就是這麼著呢，也許她會敲敲棺材板說：「給我碗茶喝！」他害怕起來，想像使他怕得更真切，因為想像比事實更複雜而有一定的效果。他應當去玩，他看不出在這裡跪著有什麼意義，他應當背起單刀去殺幾個和尚，先殺那個胖的，血多。

事實是事實，想像只是一種奢侈。他聽見屋中有位臉像埋過又挖出來的老婆婆，說：「這孩子跪靈算哪一齣呢?!」

一個大白鼻子的中年婦人回答：「死鬼呀都好，就是不辦正事。不給老頭子娶個二房，或是由本家承繼過小子；弄這麼個東西！」大家一同歎息。

天賜知道這是說他呢。婦女們的眼睛都對他那麼冷冷的，像些雪花兒往他身上落。他又茫然了。一提到他自己，他就莫名其妙。他曾問過媽媽，為什麼人家管他叫私孩子，媽媽沒說什麼。他是不是私孩子？媽媽說他是媽媽生的。私孩子有什麼不好？媽媽不願回答。紀媽、四虎子、爸，也都不說什麼。他不明白究竟是怎回事。

在想像中，他可以成為黃天霸或是張良，他很有把握。一提到他真是什麼，他沒了主張。現在人家又罵他呢。他並不十分難過，只是不痛快，不曉得自己到底是什麼。而且更不好受的是在這種時節他不能再想像，既不是黃天霸，又不是任何人，把自己丟了！在這種時節，生命很小很晃動，像個窄木板橋似的，看著就不妥當。

有十點來鐘吧，席已坐過不少桌，外面的鼓又響了。進來一個婦人，帶著四個孩子，都穿著孝衣，衣上很多黃泥點子，似是鄉下來的。婦人長得很像雷公奶奶，孩子們像小雷公。天賜一眼沒看見別的，只看見五個尖嘴。婦人進來就哭，哭得特別傷心，頭一句是：「我來晚了，昨天晚上才得到信，我的嫂子——」

四個小雷公手拉著手站在婦人後面，一聲也不出。婦人把來晚，與怎麼起身，鄉下的路怎麼難走，和四個孩子怎麼還沒吃飯，都哭過了。猛然地把鼻子抓了一把，而後將天賜用腳踢開，好像踢著一塊礙事的磚頭。緊跟著把四個孩子都按在靈旁：「就在這兒跪著，聽見沒有？動一動要你們的命！」轉過頭來，眼淚還滿臉流著：「茶房！開飯，開到這兒來，給他們一人一碗丸子，五個饅頭！」然後趕過牛老者去：「大哥！嫂子過去，我沒什麼孝心，就是這一身孝，四個孩子來跪靈；你二弟病了不能來，叫妹妹來了。那個小子是誰？」

她指天賜：「大哥你這就不對了，放著本家的侄子不要，不三不四地找個野孩子，什麼話呢？我們窮啊，窮在心裡，沒求哥嫂給個糖兒豆兒！今個咱們可得把話說明白了，當著諸親眾友，大水沖不了龍王廟，一家人得認識一家人；你的侄子是你的骨肉，雖然咱們不是親手足，可也不遠。不能叫野孩子這兒裝眉作樣的！」又轉過頭去，「好好地吃！別叫人恥笑！」

這一片獨白引起大家的同情，埋過又挖出來的老婆婆，大白鼻子，紅眼邊，全一擁而上把牛老者圍在當中。各人爭著說，誰也沒聽見誰的，牛老者頭上冒了汗。他不用挨著個兒細聽，反正大家都責備他呢。他又不能答話，想不起說什麼。男人們有關係的不過來，由著婦女打前陣，沒關係的站著看熱鬧。說著說著，大白鼻子也把個孩子按在靈前，紅眼邊一下子按倒了三個；一急把別人家的孩子也按在了那兒。不大的工夫，靈前跪了一片白。最後，還是雷公奶奶挑頭兒，「把那個野孩子趕出去！」

天賜在棺材旁邊立著呢。他覺得那些人可怕，可是說不上來怎麼可怕。羞辱他常受，不足為奇。在人群中他覺著孤寂，也是平常的事。他不慌，只是不知道怎樣才好。他站著不動。爸被人圍住，不能過來。他找不到一個同情於他的人。媽媽是死了。靈旁跪著的孩子們聽見雷公奶奶的呼嚇，有個大點的立起來，和天賜眼對著眼。天賜不動。那個孩子捋起袖子。正在這個時候，捋袖子的少爺挨了個很響的脖兒拐。四虎子拉起天賜就往外走。

「怎樣?!打人嗎?!」多少人一齊喊。

「媽的！」四虎子的頭筋跳著，連推帶搡地從人群中穿出去。大家不知他是何許人，沒敢動手。及至大家打聽明白了他是誰，已經太晚了，這使他們非常地喪氣。

出了門，天賜反倒哆嗦起來。四虎子一聲沒出，把他領到老黑的鋪子裡。黑家的孩子們都在家呢，他們熱烈地歡迎天賜，可是天賜沒有心情跟他們玩。四虎子跟老黑說了幾句，老黑點頭：「沒錯，交給我吧；天擦黑的時候，我把牛掌櫃找來，沒錯！」

「你上哪兒?」天賜問四虎子，「可別回去，他們打你！」

「我不回去，你好好地在這兒玩吧，回頭見！」四虎子走了。

老黑派「蜜蜂」等陪著天賜在家裡玩，不准出去。蜜蜂把大家領到後院去，直玩了一天。他們現在已經「文明」了：蜜蜂的大弟弟已去念書。他把書教給大家替他記著，蜜蜂記人之初，他自己記性本善，二弟弟記性相近……他要是在學房裡背不過書，到了家中就都想起來，所以他常在家裡，非等大家請求他再去學兩句新的他不上學。

他不記字，只記一句的聲音，記不準確也沒關係，大家可以臨時創造。所以黑家的這本《三字經》是與眾不同。他一人上學，大家可都有筆，後院的牆上滿畫的是圖。老黑很喜歡家中有了「書氣」。

玩著玩著，天賜慢慢地把愁事都忘了，他開始說故事給他們聽。

他們很愛聽黃天霸，不愛聽青蛙和小魚說話，因為知道青蛙不會說話。聽完了幾段故事，他們決定舉天賜做他們的先生。天賜很感激他們，他向來沒受過這樣的尊敬。先生得教給他們書，他編了幾句：黃天霸，耍單刀，紅帽子，綠褲腰……大家登時背過，而且不久就發現了，原來紅帽子綠褲腰是說的五妹妹，五妹妹的褲腰，因為褂子短，確是露著一塊兒綠的。大家非常佩服天賜。

黑家的孩子們不認識鐘錶，天黑了就睡。在哪兒睏了就躺在哪裡，「蜜蜂」得把他們抱到一張大床上，點好數兒。有時候數目不對就很麻煩，因為有睡在煤筐裡的就不大容易找著。他們睡了，天賜坐在櫃檯裡十分地寂寞。他又想起早半天的事來。他不明白其中的故典，一想起來就覺得自己應該是大人了，不該再和孩子們玩，也不該快樂。他的稀眉毛皺起來。

八點多鐘，爸才來。爸也改了樣，臉上的紋深了些，不是平日馬虎的神氣了，那些紋都藏著一些什麼，像些小蟲吸著爸的血。父子都沒話可講。坐了半天，爸說：「咱們上街走走去。」

爸不像是想說話的。天賜忍不住了：「爸！你真是我的爸？」他扯了爸的袖口一下。

「真是！」爸點頭。

「你還要我，爸？」

「要你！」

「他們為什麼趕出我來？」

「他們要錢。」

「給他們不就完了？」

「完不了，他們嫌少。」

「不會多給點？錢算什麼?!」

「不能多給，我的錢！」

這不像爸。沒想到爸能這樣。爸不是遇上事就馬馬虎虎麼？為什麼單在這幾個錢上認真呢？錢為什麼這樣可愛呢？

「我的錢！」爸又重了一句，「我愛給誰，都給了也可以；我不愛給誰，誰也搶不了去！」

「不給多多的錢，他們不走，我就不能回家？」天賜問。

「偏回家！怎麼不回家呢?!我接著他們的！錢是我的！」天賜不能明白爸了。錢必是頂好的東西，會使爸不馬虎。這是爸第一次這麼認真。他不敢再問，只覺得媽是在爸身上活著呢，爸和媽一樣地厲害了。

「咱們回家！」爸的皺紋在燈光下顯著更深，更難看了。

天賜怕回家，可是必須為爸顯出勇敢；媽死了，爸只有他，他不能再使爸不痛快。

四虎子在門口呢，天賜壯起點膽子來。院中冷清清的，多數的客人都在送三的時候走了，和尚也去休息。西屋有兩三位預備熬夜的。

靈前點著一對素燭，燭苗兒跳動著。靈後很黑，棺材像個在暗中爬伏的巨獸。天賜哭了。他覺得非常的空虛寂寞，媽是在棺材裡，爸為幾個錢要和人家打架。

四虎子過來安慰他：「別哭啊，夥計！你看我，我不哭！媽死了，咱們就不是小孩子了，咱們跟他們幹！」

媽常說：「得像個大人似的！」媽死了，這句話得馬上實現出來，「不是小孩子了！」

天賜覺得心中老了一些。是的，他不能再和「蜜蜂」們玩，不能再隨便哭，他得像個大人。怎麼像個大人呢？他得假裝，假裝著使他能鄭重，他似乎明白了爸，錢是不能給人的，一個也不能給，他是大人了。大人見了叫化子就說：「去！沒有！」即使袋中帶著許多錢。這是大人的辦法，他也得這樣。怪不得爸變了脾氣，大概是爸在媽死後才成了大人。他收了眼淚，盤問四虎子，他得關心，既已不是小孩子了。

四虎子告訴他：他們要錢，爸不多給，他們說了，送殯的那天還得鬧。有兩個辦法可以避免鬧喪：爸多給他們錢，或是爸堅持到底。

他們都知道爸老實，可是爸真不往外多拿錢，他們也得接受爸願給的那點。

天賜的心裡贊成多給錢，可是他現在是裝作大人，不能多給，錢是我們的，爸是完全對的。他的薄嘴唇咬起來，眼睛摳著，手背在後面，腳尖抓住了地。他似乎抓住點什麼，自己是一種勢力，一種天不怕地不怕的威能。即使他們因為錢少而鬧喪，也只好憑著他們去鬧，錢是不能添的，不能添的！爸並不馬虎，爸是可佩服的，他必須幫助爸去抵抗。他睡了，連和尚念經也沒吵醒他，他有了自信的能力。

十七　到鄉間去

殯是平安地出了。雙方都沒栽了跟頭。原本是牛老頭兒決不添錢，而親族們預備攔杠鬧喪，不許天賜頂靈。雙方都不讓步。過了兩天，雙方都覺悟出來，打破了誰的腦袋也怪疼，誰又不是鐵做的。於是想到面子問題。設若面子過得去，適可而止，雙方一齊收兵也無所不可。

直到開吊那一天，大家的眼還全紅著，似乎誰也會吃人。到了出殯那天早晨才講好了價錢，大家眾星捧月地把棺材哭送出來，眼淚都很暢利。雷公奶奶把嫂子叫得連看熱鬧的都落了淚，她一邊哭一邊按著袋裡的一百塊洋錢票。大白鼻子等也哀聲震天，哭濕了整條的手絹。

殯很威武：四十八人的杠，紅罩銀龍。兩檔兒鼓手，一隊清音，十三個和尚，全份執事，金山銀山，四對男女童兒，綠轎頂馬，雪柳輓聯，素車十來輛。紙錢撒了一街，有的借著燒紙的熱力直飛入空中。最威風的是天賜。他是孝子，身後跟著四名小雷公。四虎子攙著他，在萬目之下，他忘了死的是誰，只記得自己的身分。他哭，他慢慢地走，他低著頭，他向茶桌致謝，他非常地鄭重，因為這是鬧著玩。他聽見了，路旁的人說：「看這個孝子，大人似的！」他把臉板得更緊了些。直到媽媽入了土，大家都散去，他才醒過來：「媽媽入了土！」他真哭了，從此永不能看見媽媽！他坐在墳地上，看著野外，冷清清的，他茫然——什麼事呢？

由墳地回來，天已黑了。天賜很乏了，可是家中的靜寂如同在頭上澆了些涼水。他的眼，耳，鼻找那點熟識的面貌，聲音，與味道。

沒有了，屋中的東西還是那樣，可是空氣改變了。沒人再張羅他吃喝，甚至沒有人再嚇唬他。他想起媽媽的好處，連她的壞處也成了好的。他含著淚坐下，他必須是個大人了；已經沒了媽媽。他可憐媽媽在那清冷的墳裡，正如同他在這空靜的屋裡。他似乎明白了一點什麼。

爸躺在西屋的床上，衣服帶著許多黃土，就那麼睡著了。他彷彿明白媽而不明白爸了。爸這幾天改了樣子。他看著爸，那短黃鬍子有了不少根白的，臉上多了皺紋，睡著還歎氣。這是那慈善的爸麼？他有點怕。找了四虎子去。

「我怎辦呢？」他問。

「先跟紀媽要點吃的，」四虎子給出主意，「吃完了睡。」

「在哪兒睡？」一切的事都沒有準地方了！媽活著，他恨那些規矩；媽死了，他找不著規矩了，心中無倚無靠，好似失了主兒的狗。

「跟爸去睡！」四虎子在牛老太太死後顯著很有智慧。

喪事的餘波也慢慢平靜，老頭兒把該開付的賬都還清，似乎沒有什麼可做的了。他常和天賜在一塊，有的也說，沒的也說，這給他一些快樂。天賜在這種閒談中，得到許多的知識，因為爸說的都是買賣地上的話。對於金錢，他彷彿也發生了趣味。爸的一輩子，由談話上顯出來，就是弄錢。在什麼情形之下都能弄錢。

跟爸到鋪中去看看，夥計們非常地敬重他，稱呼他作少爺。鋪子裡的人們收錢支錢，算帳催賬，他們都站在錢上。媽媽給他的小印，他繫在貼身小襖的紐上，可是這個小印已沒有多少意義：他想不出做官有什麼好處，錢是唯一的東西。錢使爸對他慈善，要什麼就買什麼；錢使爸厲害，能征服了雷公奶奶。四虎子沒錢，紀媽沒錢，所以都受苦。他長大了，他想，必須做個會弄錢的人。

他買了個悶葫蘆罐，多跟爸要零錢，而往罐裡扔幾個。不時地去搖一搖，他感到這裡是他自己的錢。他問四虎子種種東西的價錢，而後計算他已經到了能買得起什麼東西的地位。啊，他能買一個大而帶琴的風箏了！普通的小孩買不起帶琴的！

他覺到自己的身分與能力。他很驕傲。他問爸：咱們這所房值多少錢？爸說值三千多，木架兒好，雖然不大。三千多！這使他的想像受了刺動。七毛錢就能買個很好的風箏；三千多！爸必是個有能力的人。爸決不是馬馬虎虎的，不是！他必定得跟爸學。「爸，明兒個我長大了，你猜我能掙多少錢？一月一千！」

「好小子！」爸很喜歡，「好小子！」

「爸你掙多少錢？」

「我？哪摸準兒去；做買賣有賠有賺！」

「別賠呀，乾賺，不就好了嗎？」

「對呀！」爸點著頭，十分欣賞兒子的智慧。

可是，「怎麼就賺了呢？」

「得長眼睛，」爸的眼睛並不高明，可是說著很有意思，「貨缺了就得勒著，貨多了就得快放手。做買賣得手快心狠，仗著調動；淨憑隨行市賣大路貨不用打算賺錢！」

「哦！」天賜沒都明白了，可是假裝明白了。

跑到後院去找紀媽，「紀媽！咱們的米多還是麵多？」

「多又怎樣呢？」

「少就得勒著，多了放手！」他不但自傲能用這兩個詞兒，並且覺得他已能管轄紀媽。

「扯你的淡去！」媽媽死後，紀媽沒了規矩。

「給你告訴去！」

「去！趁早走！」她知道天賜不肯走。自從媽媽死後，天賜的吃喝冷暖都由她在心。「哎，我說，你跟我下鄉好不好？」紀媽自從由奶媽改為女僕每年回家三四天。現在又是她休息了，她怕沒人照管天賜，所以想帶著他。天賜願意去，他沒看見過鄉下。「等我告訴爸去，多要點錢，給他們買點點心拿著！」他不自覺地學著媽媽的排場。

爸答應了，並且把太太的舊衣裳給了紀媽些。太太的東西能偷的被雷公奶奶等偷去不少，爸不在乎這些物件，不過不應當偷，所以一賭氣給紀媽這些東西。「我愛給誰就給；偷我，不是玩意兒！」媽一死，爸直添脾氣。

正是冬月將殘，臘月就到的時候，天賜穿了不知多少衣服，脖上纏了圍巾，戴上手套，厚棉褲把腿擠得直往外叉。將出太陽，他和紀媽出了城門。天氣還好，太陽雖不很熱，幸而沒風。紀媽的眼非常地亮，抱著一包零碎衣服，滿心盼望。天賜提著一包兒點心——爸給紀老者買的。出了城門，紀媽雇了兩頭驢。天賜的心跳開了，他沒騎過驢。紀媽很在行，兩隻腳翻翻著而不蹬鐙，身子前仰後合的而很穩當。天賜被趕腳的攙上去，驢一動，他趴下了身，嘴找了驢脖子去。

趕腳的揪住他的腿，重新騎好，紀媽一勁嚷扶著他！驢慢慢走開，天賜的厚棉褲只管旋他的腿，簡直夾不住驢，一會兒向前，一會兒向後，有時候要橫著掉下去。他的臉發起燒，用力揪住軟鞍子，眼盯住驢耳朵。驢曉得這是個外行，一會兒抬起頭來聞聞空氣，一會兒低下脖子嗅嗅尿窩兒，一會兒搖搖身上，一會兒岔開腿，抽冷子往起顛一下。天賜沒有抓弄，覺得兩腳離地很高，而頭是在空中。走了不遠，他的屁股鏟了。紀媽說：隨著驢的勁兒！他找開了驢勁，驢低他高，驢往前他往後，一會兒離了鞍子，忽然地落在鞍上找不著驢勁，而把自己顛得發慌。他沒了辦法，趕腳的沒了辦法，驢倒還高興。天賜掃了興，平日淨和紀媽誇口，他會這個會那個，原來他治不住一頭驢！

況且肚子還餓了呢，沒有這麼餓過！冷空氣，驢尿味，和上下地顛，好像使肚子沒了底兒。雖然已在家中吃了兩個雞子，可是肚皮似乎已與脊背碰到一處，他好像能看見自己的身子已完全透光兒了。

幸而路旁有個野茶館，擺著燒餅與麻花。滾下驢來，他吃開了燒餅。嚼著燒餅，他看明白了，原來已到了鄉間；一路上他什麼也沒見，只看見了驢耳朵。啊，這是鄉間！他不大喜歡鄉間的樣子：沒有鋪戶，沒有車馬，四外都是黃灰的地，遠處有些枯樹。看哪兒都一樣：地，樹，微弱的陽光。偶爾有個行人，不是挑著點什麼，便是背著糞筐，鄉下似乎沒有體面的人，也沒有閒逛的人。他想城裡。城裡的燒餅多麼酥！他不餓了，把沒吃完的燒餅給了趕腳的。

緊走慢走，晌午了才到十六里鋪。十六里鋪只是一個小村，在田野裡擺著，孤苦伶仃的，村外有條大道，通到黃家鎮。把著村口有個小鋪，破石牆上貼著「你吸什麼煙呀？哈德門！」

石頭很多，路上的石頭縫裡有點碎馬糞渣兒。路旁高起一塊好像用石堆起的河堤，堤上有堆著的秫秸與磨盤。門外有的趴著狗，有的站著一兩個小孩，都叼著手指，瞪著眼看他們。門上很少有漆的，屋子都是平土頂，牆多半是石塊堆起的。沒有悅目的顏色，除了有一家門垛上貼著四個紅喜字。也沒有什麼聲音，天賜只聽見一兩聲雞叫；門外有老人曬暖，叼著長煙袋一聲不出。處處都那麼破，窮，無聲無色，好像等著一點什麼風兒把全村吹散了。連樹木都顯著很窮，樹幹上的皮往往被驢啃去，花斑禿似的。路旁有個淺坑，坑中水不多，凍成一層黑色的冰，冰上有不少小碎磚塊。

紀家在坑上的右邊，幾間小屋在一株老槐樹旁藏著，樹底下有幾隻雞和一隻鴨子。驢奔了坑去，孩子們開始跟過來看，大人們也認出來紀媽，大家很親熱地招呼她，可是眼都看著天賜。他滾下驢來，趕腳的把那包點心遞給他。他立在坑沿上看著大家，大家看著他，都顯著很傻，像鄰村的狗們遇到一處那麼彼此愣著。

紀老者出來了。他有七十多歲，牙還很齊；因為耳有點沉，眼睛所以特別地精神，四外看看，恐怕有人向他說話。小短藍布棉襖，沒結紐，用條帶子攏著，露著胸的上部，乾巴巴的橫著些銅紫色的皺紋。背微彎了些。

「爹！」紀媽高聲地喊。

「哎！哎！」老頭子愣磕磕地笑了，眼中立刻有點不是為哭用的淚，

「哎！回來了！好！」

「這是福官。」紀媽喊著。

「哎！少爺來了，好！哎，進來吧！長這麼高了！」

天賜覺得這個老頭兒可愛，他把點心包遞過去，可是想不出說什麼。

「給你買來的點心，爹！」紀媽扯了爹一把。

「哎，好！好！啊！」爹沒的可說，淚落下來一半個，「哎，少爺，還惦記著我，哎，好！進來吧！」

紀媽的男人也出來，跟著三個小孩。他有四十來歲，高個子，麻子臉，不說話。三個小孩都蓬著頭，穿著短襖，有兩個褲縫裡露著雞雞的。

一進門，一大堆糞；糞堆旁立著個女人，比紀媽還老，可是小孀。「嫂子回來了？快屋裡去吧！」她趕著去掀北屋的厚草簾子。鄰居們也全跟進院來，在糞堆前站著看。爹笑著嚷：「都進來坐！進來！」沒人動彈。爹又說了：「不進來，就走！」大家還不動。

屋子是一明兩暗，很低很暗，土地，當中供著財神爺的紙龕。紀媽讓天賜上東間去，一鋪隨簷大炕，山牆架著一條長板子，板子上放著一鍋蓋的棒子麵餅，像些厚鞋底兒。天賜找不到椅子，只好坐在炕沿上。牆上有不少臭蟲血，還有張熏黑的年畫——「惡虎村」，他又遇見了黃天霸。看著這張舊畫——天霸的刀上抹了一個臭蟲——他又茫然了。沒想到過，世界上有這樣的人家。

老爹在炕與板案之間轉了個圈：「給少爺什麼吃呢，哎？老大，先煮幾個雞子去！」老大還沒說話，出去找雞子。三個孩子以為爺爺是瘋了，低聲地問媽：「媽！媽！怎麼爺爺要煮雞子？雞子不是留著賣的嗎？」

媽媽用袖子甩了他們一下子。爺爺沒聽見可是看見了，以為孩子們是要吃食：「哎，吃餅子吧！拿去吃！窮是窮，有餅子就吃，爺爺可不能餓著孩子們！吃去吧！」一人拿了一塊餅子，眼還溜著天賜。紀媽已上了炕：「爹，你吃點心吧，少爺給你買了會子！」

爹又笑了：「哎，我吃！我吃！少爺還惦記著我！自從你媽媽死的那年，我沒吃過一塊大餑餑！什麼年月！哎，好！」他可是沒去動手，眼睛找了紀二娘去：「二的，你去燒水呀。」紀嬸看嫂子穿的頭藍布襖，還沿著青假緞子邊，都看愣了。聽爹喊，她才想起招待客人。

「妞子！」爹在炕席底下摸出五個銅子，「快跑，上小鋪買兩包高末兒去，高的！哎，早年間，家裡哪有沒茶葉的時候！」他坐在炕沿上，愣起來。

「爹，二弟還沒信？」紀媽問。

爹搖頭。紀媽的小叔是當木匠的，自從被大兵拉夫拉了去，始終沒有消息。小嬸很好，只是愛犯羊角瘋，沒法兒出去做事。

「今年的地呢？」

「什麼？」爹沒聽明白。紀媽重了一回。「哦，地？咱們那幾畝冤孽產又潦了，連根柴火也沒剩。租的都收得很好，有八成；可是一交了租……唉，不用提了！你那幾塊子錢，金子似的，金子！可是這不像句話啊，老在外頭，算怎回事呢？哎，我老糊塗了，想不出法子來！」

紀媽也不言語了。

老者抹了抹鬍子：「回來先喝點水，吃倆雞子，少爺！鄉下，苦鄉下，沒的吃！」他和天賜招呼著。

紀家的二三十畝地，只剩了那幾畝窪的，沒人要。他們租著點地種，可是糧食打下來不值錢！

天賜聽著看著，他不懂。在家裡，爸老是說錢，幾百，成千；這裡，席底下放著五個銅子！這裡什麼都沒有，雞子是為賣的！他摸摸袋中，還有一塊多錢呢。他摸著那塊現洋，半天；拿了出來，順著光亮的炕沿一溜，眼看著紀媽，「給老頭兒吧？」

老爹的眼光更精神了，聲兒也更高：「哎，少爺你收著！你已經給我買了點心！我不能收這塊錢！姓紀的一輩子豪橫，誰叫——唉，誰知這是怎回事呢？你收著，就要是接你的，我是小狗子！」爹向外邊喊：「茶還沒得呢，怎麼了？」

天賜可更莫名其妙了。這些人，窮，可愛，而且豪橫；不像城裡的人見錢眼開。可是他們窮，為什麼呢？誰知道這是怎回事呢？他又看著牆上的黃天霸，在刀上抹了一條臭蟲血。

十八　月牙太太

紀家的雞子特別好吃，真是新下的。餅子也好，底下焦，中間鬆，甜津津的有個嚼頭兒。大妞們善意地送了天賜塊白薯，他可沒接過來，嫌他們的手髒。

一擦黑大家就去睡，天賜和老頭兒在一炕上。老頭兒靠著有灶火的那頭兒躺下：「少爺，累了吧？歇歇吧！洋油貴，連燈也點不起！唉！」

天賜也躺下，原來炕是熱的！一開頭還勉強忍著，以為炕熱得好玩；待了一會兒，他出了白毛汗。仰著不行，歪著不行，他暗中把棉褲墊上，還不行。眼發迷，鼻子發乾，手沒地方放，他只好按著褲子，身子懸起，像練習健身術。胳臂一彎一伸，肚子上下，還能造一點風。可是胳臂又受不了。把棉襖什麼的全墊上，高高地躺下，上面什麼也不蓋；底下熱得好多了，可是上邊又飄得慌。折騰了半夜，又睏又熱又不好意思出聲。後半夜，炕涼上一點來，他試著勁兒睡去。

第二天起來，他成了火眼金睛，鼻子不通氣。

不行，他受不了這種生活。他想著不發嬌，可是紀家的人太髒，他不能受。村裡，什麼也沒有；早上只有個賣豆腐的和賣肉的，據說都是每三天來一次。村口的小鋪是唯一的買賣，可是也不賣零吃。紀老頭兒急得沒有辦法，只好給他炒了些玉米花和黃豆，為是占住嘴。

村外也沒的可玩，除了地就是地，都那麼黃黃的；只看見三四株松樹，還是在很遠的地方。天賜想起年畫上有張「農家樂」，跟這個農家一點也不同。這裡就沒的樂。這裡的小孩知道什麼是憂慮，什麼是儉省，一根乾樹枝也拿回家去。這裡籠罩著一團寒氣，好似由什麼不可知的地方吹來的。天賜一天也沒個笑容。他想家。

住了兩夜，紀媽帶天賜回了城。紀老者送下他們來，並且給天賜拿了二十個頂大的油雞蛋。

回到家中，天賜安穩了許多，他一時忘不了紀家那點說不清的難過勁兒；做夢還看見那三個小孩——那個頂小的穿著破花布屁簾，小手拿著塊餅子。他細問紀媽關於鄉間的事，聽得很有趣。鄉下是另一個世界：只有人，沒有錢。

他要求爸給紀媽長點工錢，爸答應了。爸為什麼能這樣痛快呢？他不明白。他想像著自己應當是黃天霸，半夜裡給紀老頭送幾塊錢去；紀老頭是可愛的，可敬的。但這只是想像，沒有用處。反過來想到他自己，他又高了興。他幸而是城裡的人，他爸有錢。可是為什麼他有錢，別人沒有呢？不能想明白了，他只能自慶他的好運氣。

過了年他已十五歲，按著年節算歲數。他身上起了些變化：薄嘴唇上的小汗毛稍微重了一些，有一兩根已可以用手揪起。喉頭也凸出點來，一上一下的很像個小肉棗，說話不那麼尖了，臉上起了些紅點。身量並沒長多少，可是他覺出身上多了一些力量，時常往外漲，使他有時憋悶得慌。他懂得了修飾。自己偷偷地買了瓶生髮油，不敢叫別人看見，可是高了興便叫紀媽聞聞他的頭髮。很好照鏡子，見了姑娘可又不好意思，又願看又不敢，雖然在鏡子中他以為他很漂亮。

老多日子也沒找「蜜蜂」去，因為那是姑娘。有好些事兒使他心中不安，可是不好意思去問人，連四虎子也不好去問。他覺得自己是往外長，又覺得堵悶得慌。因為這種堵得慌，他把十六里鋪慢慢地忘了。他自己是更值得注意的。世界上只有他自己在變化著玩，彷彿是。他不愛從前愛玩的東西了，他愛塊漂亮的小手絹，什麼背後畫著個姑娘的小鏡子，偷著吸了半根「哈德門」，暈了半天。沒事就擦皮鞋尖。這時候他更愛亂想，越想越寂寞，有時候覺得摟抱誰一下才痛快。

爸願他去學買賣，好繼承那些事業。他記得媽的遺言，做官比做買賣好。他不能決定。有時候他會為自己打算。及至說到真事，他又不屑於細想了。他是少爺。他有時會裝作馬馬虎虎：「學買賣？」他一笑。沒意義。和爸要個三毛兩毛的在街上轉倒也逍遙自在。

既不去學買賣，又一時不能做了官，總得有點事做似乎才對得起爸。既對得起爸，又不失掉自由，還是去讀書。可是學校沒意思，老師不好，同學也不好。現在的天賜不是以前的天賜了，不能再到學校去當小菜碟兒；上學校去的話，他應當做主任！他見過世面了：死過媽媽，頂過靈，上過十六里鋪，騎過驢，買過生髮油！什麼他不懂得?!他不要再上學校。其實呢，他心中也有點怕。兩件事使他想起就怕，媽媽的死和學校裡的冷酷。頂好還是請位先生，在家裡讀書，愛讀什麼就讀什麼，不必學算數，上體操。

不過，他不能直接和爸說去，他學會了留心眼。叫四虎子去說，要碰了釘子反正是四虎子碰。他還得運動四虎子一下，送給他點禮物。是的，送了禮便好說話，媽媽活著的時候不老這麼辦嗎？

「虎爺！」這是他新創造的名詞，很有些男子氣，「過了會子年，還沒送你點禮物呢！要什麼？說吧！」揪起嘴上一根小毛，作為是鬍子。

「別瞎扯淡，這兩天心裡不痛快！」四虎子出的氣很粗。

「怎麼了，虎爺？」

「怎麼了？我不幹了，伺候不著！」四虎子越說越上氣。

天賜愣了，沒有四虎子便沒了世界，四虎子不是最老最老的朋友麼？

「我告訴你，」四虎子看天賜愣住，心中舒服了些，「自從有你的那年，死鬼老太太就說給我娶親。今年你十幾了？」

「十五。」

「我娶了媳婦沒有？」

天賜搖頭。

「完啦！我告訴你，錢要是在人家手裡，媳婦就娶不上。我看透了！不幹了，不伺候了，我四虎子離了牛家還吃不了飯是怎著?!」

天賜看清楚牛家不對，可是不甚明白到底娶媳婦為什麼這樣重要，至於使四虎子這麼著急。設若四虎子必得要媳婦的話，他自己也應當要一個。媳婦不就是姑娘，而姑娘不是很好看麼？「虎爺，我跟爸說去，咱們一人娶一個；要不然的話，一人娶倆；大狗子他爸不是有倆媳婦麼？」

「別胡扯，」四虎子可是笑了，「我這兒是說真事兒呢。我不能跟別人說，你是我的老朋友，是不是？我就能跟你說。」

天賜板起臉來，心中十分高興，身上似乎增加了分量。老朋友，一點不錯！「虎爺，我真跟爸說去。」

虎爺又覺得不好意思了：「可是，可是，別說是我叫你去的，那多沒臉！」

「說誰的主意呢？」

「乾脆吹了吧，沒媳婦就沒有，認命！」虎爺又軟了。

「對啦，讓紀媽去說！老朋友？好啦，哎！」他點著頭，學著紀老者，「我也求你點事。」

「說吧，什麼事都行，咱哥倆的話！」

天賜把要請位先生的意思說明，虎爺答應給辦。二位老朋友非常痛快，由天賜出錢請虎爺吃了兩串冰糖山楂，代替送禮。

兩邊的話都到了爸的耳中，爸照例允准，只是沒主意。請誰教書呢？說誰家的姑娘呢？俱無辦法。

天賜認識個姑娘——蜜蜂，馬上推薦。爸覺得很好，「蜜蜂」已經十六歲，按照雲城的辦法是滿有當媳婦的資格。可是老黑不願意，嫌虎爺的歲數太多。他願把蜜蜂給天賜，可是牛老者又不願意，因為老黑在商界的地位太低。末了還是由紀媽為媒，在十六里鋪說了個姑娘，據說人材本事都好，就是嘴不十分好，歪著。

虎爺倒不在乎這點，只要人好就行。天賜不大贊成，一聽十六里鋪他就堵得慌；可是老朋友既然願意，他也就不便多說，反而想像著十六里鋪的好處：「虎爺，那兒還有驢呢，不壞！」親事就算定了，紀媽兼了媒人，身分猛進。

四虎子是三月裡結的婚，天賜在四月才找到了先生。這位先生姓趙，大學畢業，好念書，會作詩，沒事做，挺窮。趙先生在學校裡教過幾次書都失敗了，他管不住學生。他的腦袋不知怎長的，整像頭洋蔥，頭頂上立著幾根毛兒，他可是很會教天賜。他和天賜說開了：你愛念什麼就念什麼，不明白的問；不問也沒關係。天賜很樂意這麼辦。

每天有一課叫作「思想」，師生相對無語，各自想著心事。想完了就討論，想不出就拉倒。天賜想改造十六里鋪，先修一條馬路，趙先生給補上：馬路兩邊得有樹和流水。天賜很佩服趙老師，問他一切的問題，老師都有的說。天賜念小說，老師敢情能背《紅樓夢》！爸要來查看，天賜就練字，老師教他寫魏碑。爸走了，師生就研究林黛玉的性格與習慣。老師會說：「你閉上眼想想看！」

一閉上眼，天賜很會想像，他看見了黛玉！他很想找「蜜蜂」去；蜜蜂可是不會黛玉那樣呢！大概世界上沒有第二個黛玉了，除非再想出一個來。他想，他拿筆瞎寫，有一天寫了篇「蜜蜂」，趙老師很誇獎，叫他再去看她，回來再寫。他找了她去。

「蜜蜂」已長成個大姑娘，臉似乎長了些，也不光著腳，黑眼珠還是那麼黑，可是黑得不能明白了。她走路非常地輕巧，大腳片不擦地似的。

天賜不敢多看她，她不是先前那樣自然了，她會笑出點什麼意思來。天賜回來了，皺著稀眉毛想：假如「蜜蜂」的嘴再小一點，鼻子再長出一分，然後配上那倆黑眼珠？那一定更好看。蜜蜂得光著腳，在河岸上，綠陰涼底下，不出聲地輕走！好了，他就這麼寫了一篇。趙老師說：「這就對了，這就是文學，你明白了沒有？可是你沒寫出個主點來，『蜜蜂』哪兒最好？當然是那對眼，黑的，怎個黑法？」他等著天賜自己想。

「黑得像——墨！」

老師搖頭。

「黑得像——夜裡！」

老師拍了桌子：「河岸上，綠陰涼下，眼黑得像夜裡！天賜你行了，你比我高！你猜我想像什麼？像兩顆黑珠子。珠子是死的呀，夜會動會流，流到不知道多遠，是不是？」

天賜明白了，他也學著作詩，沒人管他，他自己會用功。他什麼都細心地看，而後去想。他管四虎子太太叫「月牙太太」，因為她的嘴歪；虎爺差點惱了他。虎爺說天下的歪嘴要算他的太太第一，天賜說月牙也只有一個，於是他們照舊是好朋友。

爸很懷疑趙老師到底教了些什麼亂七八糟。他和老師談，老師誇獎天賜有天才。爸不懂。老師拿出天賜的文章來，爸才相信天賜的書沒白念，有一篇文章用了六張紅格子紙！爸沒看說的是什麼，數了數字數，夠一千五百字！「一千多字！這簡直是作論了！」

趙老師笑了：「有三年的工夫，他什麼也會作了！」

「可也別太累了他，」爸轉了念頭，「我就有這麼一個小子！作論累心哪！」爸信服了趙老師，也替兒子驕傲。逢人必說天賜會作論。天賜也很高興，遇上爸叫他做點事的時候，他會說：「別，別亂了我的心思，正在這兒作論！」

十九　詩人商人

跟趙先生一年多，天賜在文字上有了很大的進步，寫得也怪秀氣。爸的鋪子的春聯都由他寫，夥計們向他伸大拇指，他怪害羞的挺得意。

爸承認趙先生是好老師；可是在另一方面，他發現了：書房中的書籍增多了，但是短了別的東西。桌上的瓷瓶，銅墨水匣什麼的都不見了，天賜使著個小粗碟子當硯臺。爸追問四虎子，虎爺不知道。問天賜，天賜笑了。老師沒錢買書或別的東西，便拿起點東西去賣掉。

「為什麼不跟我要錢呢？」爸糊塗了。

「趙先生說了，屋裡東西多，顯著亂得慌！」

「可那是我的東西！」爸倒不在乎那點東西，他不喜歡這個辦法。

「賣了你的東西和向你要錢還不是一樣？」天賜完全投降了趙老師。

「在我的門口賣東西?!」這太丟人了，爸以為。

「常賣著點，老師說，好忘不了窮；窮而後工！」天賜非常得意，「前天，我把皮鞋賣了，賣了一塊半錢；我請老師吃了頓小館，老師很喜歡！」

「你是我的兒子，還是他的兒子？」爸的臉沉下來。什麼都可以馬虎，可不是這麼個馬虎法，這是誠心教壞！

天賜沒回答出什麼來，他曉得媽與爸的規矩，但是趙老師的辦法更有意思。這能使他假裝窮，而窮得又不像紀家那樣。這是賣了皮鞋去吃小飯館。趙老師是真窮，天賜得陪著。就是趙老師的窮，雖是真的，也非常好玩。趙老師會賣了銅墨水匣買本小書，而後再賣了書買煙卷。由爸與十六里鋪，他明白了錢的厲害；由趙老師，他得到個反抗錢的辦法，故意和錢開玩笑。錢自然還是好東西，可是老師的方法使錢會失去點驕傲，該買書的偏買了香煙，用鼻子向錢哼幾聲！肚子餓了就賣棉袍，身上冷就去偷煤，多添點火，老師有辦法，而且挺快活。

爸受不了這個：「好嘛，先生還偷東西，教給孩子賣皮鞋？我只懂得買，不准賣！」爸非辭趙先生不可。紀媽以為爸是對的，他們偷煤，而且把沒點完的洋蠟放在地上餵老鼠！碟子當了硯臺，筷子當作通火的鐵條，因為鐵條與鏟子都沒了影！

天賜捨不得老師，而且決定反抗，他現在是十六七的小夥子了，自己很有些主張。他說話已經和大人一個聲兒了，嘴上的汗毛也很重，他不能完全服從爸。他本是很喜歡整齊清潔的，因為媽媽活著的時候事事有一定的辦法，可是他也愛老師的凡事沒有一定，當作詩的當兒還有工夫擦桌子麼？老師和他都是詩人，而爸是商人，這是很清楚的；詩人不能服從商人，也是很清楚的。

虎爺怕事鬧僵了，出頭調停，以後不准他們再賣東西，由他把守大門，擔任檢查。爸也不要再生氣，因為虎爺相信天賜既會作論，將來必能做官。趙老師算是沒被逐出去，遇到該賣東西的時候，不等虎爺檢查出來，就先聲明：「出去創造點錢，遠遠的，不在門口賣！」

虎爺也就不深究，因為他也覺得有些東西早就該賣，堆著只管占地方，沒別的好處。況且老師賣了東西還請客呢，虎爺常吃他的水果與零食；嘴上得到便宜，眼睛還能不閉上麼？

爸還有個不滿意的地方——天賜常去看「蜜蜂」。天賜很喜歡找她去，她現在已是「夜裡的蜜蜂」。老黑夫婦沒工夫管孩子們，由著他們的性兒反。天賜也跟著他們反，而且和「蜜蜂」特別親密。他不嫌他們髒了，因為他自己也學著趙老師的樣子，不再修飾；他那瓶沒有用完的生髮油早送給了「月牙太太」。他喜歡蜜蜂的什麼也不知道；他背詩，他念「記蜜蜂」，她都睜大了黑眼，「喲！挺好聽！」

他學著小說上的語調對她說：「我與小姐有一度的姻緣！」她還是「喲，很好！」她可是長了本事，也會用針給弟弟們縫補襪子什麼的，頭髮上往往掛著點白線頭兒，天賜替她取下來，摸摸她的頭髮，她也不急。下雨的天，她還是光了腳。

爸有回到老黑鋪子去，遇上了他們在一塊玩。爸叫天賜回家。天賜看爸的神色不對，沒說什麼回了家，和趙老師討論這件事。趙老師說，沒有女的就沒有詩，詩人都得愛女人！姑娘是楊柳，詩是風，沒有楊柳，風打哪裡美起？天賜問老師怎不去找女人？老師說被女人打過一個很響的嘴巴，女人打嘴巴如同楊柳的枝子砸在頭上，沒意思了。

爸沒再提這回事，可是暗中給天賜物色著媳婦；跟老黑家的孩子打連連[3]，沒有好兒。

爸近來確是長脾氣，他總好叨嘮。他愛和天賜閒談，可是談不到一處；天賜有時候故意躲著爸，而爸把鬍子撅起多高。爸似乎丟了從前那個快活的馬虎勁兒。年歲越大越關心他的買賣，而買賣反倒不如以前那麼好了。三個買賣在年底結帳的時候，竟自有一個賠了的。爸一輩子沒賠過，這是頭一次。為什麼賠了，爸找不出病根來。他越悶氣越覺得別家買賣不像話，沒有規矩。可是人家那不像話的賺了，他賠！

他覺著雲城的空氣也不知怎麼比從前緊起來，做買賣的大家拚命地爭賽，誰也不再信船多不礙江這句話。大家無奇不有地出花樣，他趕不上人家，也不想趕；想趕也不會！錢非常地緊，鄉下簡直沒人進城買什麼。他相信那些老方法，在相當的程度上他也貨真價實。可是他賠了錢。那些賣私貨的，賣假貨的，都賺。商人得勾結著官府，甚至得聯著東洋人。而且大家都打

3. 打連連：常來往。有瞎混的意思。

快勺子，弄個萬兒八千，三萬二萬便收鍋不幹了；他講老字號，論長遠，天天二三十口子吃飯，不定賣幾個錢呢！他不明白這是怎回事，正如紀老者不明白鄉下為什麼那樣窮。人家賣東洋貨，他也賣，可是他賺不著。人家減價，他也減價，還是沒人來買他的。他用血本買進來，他知道那些洋錢是離開了雲城，而希望再從鄉間送來；鄉下只來糧食，不來錢。鄉下人賣了糧，去到攤子上買些舊衣服，洋布頭，東洋高粱粉條，不進他的鋪子來。

他一點也不敢再像從前那樣大意，他也趕著買，趕著賣，可是趕不上別人。人家包賣一大批膠皮鞋，個把月的工夫乾拿走三四萬；他批了一角，沒人問。人家是由哪兒批下來的？他摸不著門。他賠著賣也沒人家的賤。他有門面，人家雇幾十人滿街嚷嚷。他得上房捐鋪捐營業捐賑災捐自治捐，人家不開鋪面。以前，他閉著眼也沒錯，自要賣就能賺，而確是能賣。現在，他把眼瞪圓了，自己摸著算盤子兒，沒用。他只能和些老掌櫃們坐在一塊兒歎息。

他們都不服老，他們用盡心思往前趕，修理門面，安大玻璃窗，賣東西管送去，鋪中預備煙卷，新年大減價，滿街貼廣告，沒用。賺錢的就是洋人的買賣，眼看著東洋人的一間小屋變成了大樓，哈德門煙連鄉下也整箱地去。他唯一的安慰是看著新鋪子開了倒，倒了又開；他的到底是老字號。可是假若老這麼賠下去，他也得倒！做了一輩子的買賣，白了鬍子而倒了事業，他連想也不敢再想了。而天賜偏不愛學買賣！他怎能不叨嘮呢？

天賜聽說這個賠錢的消息，忙去告訴老師，老師很高興。「這與咱們有什麼關係？不但沒關係，而且應當慶祝商業精神的死亡。咱們打點酒慶賀這個？」

「可別叫爸知道了！」天賜小心一些。

「其實他應當欣賞此舉。錢在哪兒心就在哪兒。三個鋪子都倒了，豈不完全省了心，做了自由的靈魂！」

趙先生說的確是有味，可是天賜到底有點不放心：「假如爸的買賣都倒了，我怎辦呢？」

「那有什麼難辦？一對兒流浪詩人，完了。天下到底是窮人多，我們怕什麼呢？」

這個又打動了天賜的幻想：趙老師，蜜蜂，虎爺和虎太太，他自己，都在四處漂流。都光著腳，在樹蔭下，叫蜜蜂撈點魚，大家吃吃，倒也自在。這種生活必定比處處有拘束，有規矩強。

尤其使他高興的是他的一小篇小文，由趙先生給寄到天津一家報館去，居然在文藝欄裡登出來。報館給他寄來三份。

看見自己的名字印在紙上，他哆嗦起來。自幼兒除了虎爺敬重他，到處他受人欺侮，私孩子，拐子腿，被學校開除。現在他的名字登在報紙上！他覺得爸的財產算不了什麼，最有價值的是名，不是利。報紙上有自己的名字，大概普天下都知道了。

繼而一想，也許不能，在十六里鋪就沒看見有報紙，老黑鋪中的報紙只為包裹銅子。雲城的人家裡，據他所知道的，就很少有書有報的。雲城那兩份小日報，除了一些零七八碎的新聞，和些大減價的廣告，只有劍俠小說還有點人看。趙老師管這些小說叫作「黃天霸文藝」，連報館都該燒了。可是他自己這種「非黃天霸文藝」有什麼用呢，誰看呢？天賜懷疑了：假若沒人讀，寫它幹什麼呢？還是錢有用，至少比文字有用。這他可不敢和趙老師說。

到了八月節結帳，三個買賣全不賺，只將夠嚼穀。這比賠了還難過。一個商人的心裡只有兩面，賺或賠，如同日之與夜。不賺不賠算怎回事呢？說著都丟人。會做買賣的才敢賠。牛老者的氣色很難看，他的圓臉瘦了一圈，背彎了許多。可是他還掙扎。夜裡睡的工夫越小，他越愛思索。他很想照著從前那樣馬虎，可是做不到。從前瞎碰出來的成功，想起來使他舒服些，自己一笑；及至拿從前的年月和現在一比，他茫然了。他覺著心中堵得慌。一到天亮他就再也睡不著，起來在院中走溜兒，他咳嗽。

天賜的心軟了些。他得幫助爸，爸需要同情。他不能一天到晚做詩人。做詩人不過是近來的事，媽媽管了他十多年，媽媽不是一切都有辦法麼？

他和爸說了，他決定幫助爸。爸笑了。可是他能幫助什麼呢？細一想，他什麼也不懂，十六七年的工夫白活。手藝沒有，力氣沒有，知識沒有。他是個竹筒兒！該感激的還只有趙老師，只有趙老師教給他一些文字，其餘的人沒教給過他任何的東西。大概他只能等著做官或做詩人了！他沒有辦法，承認了自己的沒用。

算了吧，先睡個覺去！他把頭蒙上，睡了個頂香甜的大覺。

二十　紅半個天

轉過年來，趙老師自動地不幹了。他的一本小說印了出來，得了二百五十塊錢。「天賜，我創造出錢來了，想上上海；跟我去？」

天賜聽到「上海」，心裡癢了一陣。但是他不能去，他到底是商人的兒子，知道錢數；二百五不是個了不得的數目。媽媽死的時候，花了一千多，棺材壽衣還不在內。更使他慚愧的是他分三別兩，誰的是誰的，媽媽的教訓；他不能跟趙老師去，完全花老師的錢。老師要是花他的倒無所不可，他到底比老師闊，雖然錢不在他手裡。他向老師搖頭。

「二百五十塊大洋，在上海可以花幾天，」趙老師把煙捲吃到半根就扔了，「上海，醇酒婦人，養養我的靈魂！」

天賜不想說而說出來了：「錢花完了呢？」

「錢既是為花的，怎能不完？完過不止一次了。想當初，爸死，給我留下好多錢，不知怎麼就完了。有錢就享受，沒了錢也享受，享受著窮，由富而窮，由窮而富，沒關係。就怕有了二百五而不花，留著錢便失了靈魂！你不去？吾去也！虎爺呢？得請請虎爺。」趙老師給了虎爺五塊錢，沒給紀媽任何東西，他不喜歡紀媽。

天賜以為老師必定打扮打扮，既然是「發了財」。至少應整理整理東西，既然是要走。老師沒事人似的，吸著煙捲。下半天，老師空手出去了，一直等到吃晚飯的時候還不回來。天賜在書房的牆上找著個小紙條：「銷魂者唯別而已矣，再見！」據四虎子說，他看見老師出去，可是沒說話，眼睛紅著點。天賜沒吃晚飯。

這次的寂寞是空前的。他不是小孩子了，不能有點玩意兒就滿意地玩半天了。他要朋友，不是學校中拜盟兄弟那種朋友，是真朋友。

虎爺與紀媽在感情上是朋友，可是他們與他談不到一處了。「蜜蜂」也失去魔力，既不「記」蜜蜂了，她由想像中的價值落下來許多；她的美一大半是由他創造的。趙老師走了，沒人再陪著他白天做夢玩了，她還是她。過去是一片沒有多少意義的恐怖；將來怎樣他還不甚關心，可是也不光明，自己到底去做什麼呢？他不明白這個世界，雲城是這樣，十六里鋪是那樣，怎回來呢？只有趙老師能給他一些空虛的快樂，雖然是空虛的。他似乎看明白了他沒法對實際的問題發生興趣。只有在瞎琢磨的時候，他心中彷彿能活動，能自由。到了真事情上，他不期然而然地要抓住媽媽那些規矩，雲城那些意見，爸的馬虎。他「自己」想不出高明主意來。他不會著急，蒙頭大睡是最大的反抗。

對著鏡子，他好像不認識自己了。眉毛多了些，嘴上有一半圈小毛，薄嘴唇有了些力量，鼻子可是不似先前捲得那麼有勁了。臉上找不出一些可靠的神氣，眼珠黃了些。「自己」是丟失了些，也沒地方去找。

有時候他坐在書房裡，一坐便是半天，想起王老師，米老師，學校那些位老師，和趙老師。他們到底都是幹什麼的呢？不明白。米老師的嘎唧嘴法使他發笑而又害怕。有時候他想寫一點什麼，費了許多的紙，什麼也寫不成。往往一個字使他想一天，結果是蒙頭去睡，那一個字斷送了一大篇文章，說不定那是多麼美的一篇呢！一個字！

這個時候——天賜十八歲——雲城起了絕大的一個變動。男女可以同學，而女子可以上衙門告爸爸或丈夫去！自然男女兼收的地方是男的女的都不去，而衙門裡也還沒有女子告爸爸的記錄，可是有了這麼股子「氣兒」了。

雲城在新事情上是比別處晚得許多的。這股子氣兒使老年人的鬍子多掉了許多根；帶著怒氣抹鬍子是不保險的。媽媽們的心整天在嗓子眼裡，唯恐兒女做出不體面的事來。有好多人家的子女就退了學，而學校教員改行教私學的也不少。雲城的規矩是神聖的老人們盡了抓錢的責任，所希望於兒女的就是按著規矩男大當娶，女大當聘，而後生兒養女，乖乖的很熱鬧。

年輕的人們，大多數是隨著父親做買賣的，對於這個新事也反對，可是樂意看看：街上有一對男女同行，使他們的眼睛都看流了淚，酸酸的很痛快。幹這路新玩意兒的只是些學生。學生們開會，學生們走街，學生們演說，學生們男女混雜。連被強迫退了學的學生也偷偷地出來參加。不久就由人們造出個名詞來——「鬧學生」；和鬧義和團，鬧鬼子，鬧大兵的鬧是一個字。學生們也確是很喜歡這些事，他們跟爸要了錢出來，而後在爸的門前貼上「打倒資本主義」，很有趣。老人們越瞪眼，他們越起勁。

天賜的心跳起來，他看著他們，居然有了穿洋服的！他咽了唾沫。這才是生命！不受家庭的束管，敢反抗，所談的是世界，國家，社會；雲城算得了什麼？他忙去理髮，理成「革命頭」，又穿上了皮鞋，在街上聽著看著。他敢看女人了，女人也看他，都是女學生！在打扮上他是可以趕得上他們的，只可惜他不在學校裡，不能參加他們的集會與工作。

可是，不久有人來約他了。他不是在天津的報紙上發表過一篇小文麼？有人看，他們看過他是文學家。他們得辦報，做擴大的宣傳，他是人才！天賜駕了雲。他有了朋友，男的女的。有個女的被媽媽扯了嘴巴還跑出來，臉上還腫著。這激起他的熱情，他得寫詩了，詩直在心裡冒泡兒。

千金的嘴巴，
桃腮上燒起桃雲，
燒吧，燒盡了雲城，
紅半個天！

天賜作的。掛在大家的口上。有人批評「千金」用得不妥，他為自己辯護，說這是雙關語，既暗示出這個嘴巴的價值，又肯定地指出女性；這是詩！他辯論，自傲，想像他的偉大。連趙老師也沒他強了，他是革命的，趙老師不過會受窮。他愛國，愛社會，可憐窮人。

這在雲城是極新穎的事。雲城的人沒有國，沒有社會，窮人該死。他的眼光很遠，他是哲人，他不知道自己是怎回事。

「鬧學生」正在熱鬧中間，北方起了內亂。雲城人最怕戰事，因為一打仗不但買賣受損失，他們還得湊軍餉，上臨時捐，分認軍用票。雖然在戰前戰後他們可以抬高物價，勒死窮人，但究竟得不償失，而且不十分像買賣規矩。雲城是崇拜子貢的，「孔門弟子亦生涯」，如果能保存點聖賢之道，也不便完全捨棄；假如不能，也就無法，不是他們的錯兒。他們永遠辨不清這些內戰是誰跟誰打，也不關心誰勝誰敗，他們只求軍隊不過雲城；如若過來，早早過去。他們沒有意見，只求倖免。如有可能，頂好掛掛日本旗子。

聽說軍隊已到了黃家鎮，一催馬便是雲城。使天賜大失所望。學生們不鬧了。他還在想像中，正在計畫一些宣傳的文章。不知怎的大家都散了。他在想像中，對於真事的覺到就比別人遲得多。他在真事中，他比別人的主意少得多。大家散了以後，有人說已聽見了炮聲，他才醒過來，一點主意沒有。

爸忙起來。他不怕炮聲，聽慣了。他怕炮打了他的鋪子。爸忙叫天賜去幫忙，天賜插不上手，也插不上嘴。他在這時節既不能作詩，又不能做事，只會給人家添亂，一著急會平地絆個跟頭。他餓得比別人早，還得別人伺候著。在忙亂中他不自覺地講款式；他忘不了媽媽的排場與規矩，除非在想像著當野人或詩人的時候。夥計們尊敬他，伺候他，他是少爺。他覺得這也倒還有趣，鬧學生他是人才，鬧大兵他是少爺，左右逢源。

只要戰事在雲城一帶，誰都想先占了雲城；這個城闊而且好說話：要什麼給什麼，要完了再搶一回，雙料的肥肉。兵到了！多數的鋪子白天已關上，只忙了賣餅的，縣裡派烙，往軍營裡送。餅正烙得熱鬧，遠處向城內開了炮。城內的軍隊一手拿著大餅，一手拿著槍，往城牆上跑。有的雙手都拿著餅，因為三個人抱一杆槍。城外的炮火可是很密。打了一天，拿大餅的軍隊勢已不支，開始搶劫；正在半夜，城的各處起了火。牛老者在家中打轉，聽著槍聲，不住地咳嗽。

遠處有了火光，他猜測著起了的地方，心裡禱告著老天爺別燒他的鋪子。天賜很睏，但也睡不著，他看著爸，心裡十分難過，可是想不出怎樣安慰爸來。紀媽，虎爺夫婦，也全到前院來，彼此都不願示弱，可是臉上都煞白。

「福隆完了！」爸欠著腳向南看，「一定是！」爸哆嗦起來。

「不能……不能是福隆！」大家爭著說。

「我的買賣，我還不知道在哪塊？是福隆，三十多年的買賣！虎子，你扶我上牆看一眼！」爸哆嗦得很厲害，出入氣很粗，可是他要上牆去看。

「爸，我去！」天賜不能不冒險了，槍子還直飛呢。

「你去看嗎？你那兩隻眼！」爸不信任任何人的眼。

天賜沒法，他只知道福隆在南街上，真測不出距離來。爸非上牆不可，福隆燒起來，他只能對槍子馬虎了，他必須親眼看看去，他準知道福隆是在哪角。

天賜拿著燈；虎爺扶著牛老者，登了一條長板凳。爸上不去，他哆嗦，張著嘴，頭上出著冷汗。扶著虎爺的手，他喘；憋足了氣，借著虎爺的力量，上去一隻腿。就那麼一腳在上，一腳在下地歇著，閉上了眼。他積儲力量呢。猛地，他那哆嗦著的手握緊虎爺的，想再上那一隻腳。啪啪啪啪一陣機關槍！虎爺也出了汗：「下來吧，機關槍！」老頭不語，一手扶牆，一手握住虎爺，還往上去。到底他上去了，咳嗽了一陣，手在牆頭上抓著，死死地抓著，他看見了。南街的道東，紅了一片，大股的黑煙裹著黑團與火星往高處去；黑團與火花起在半空，從煙中往下落；煙還往上升，直著的，斜著的，彎彎著的，深黑的，淺灰的，各種煙條擠著，變化著，合併著，分離著，忽然一亮，煙中多了火花火團，煙色變淺。緊跟著火光低下去，煙又稠起來，黑嘟嘟地往上亂冒，起得很高，把半天的星斗掩住。

空中已有了糊味。那是福隆和它左右的買賣。沒有人救火，自由地燒著。他像木在那裡，連哆嗦也似乎不會了，只有兩隻眼是活著，看著三十多年的福隆化成一大股黑煙，彎彎著，回繞著，洶湧而又依依不捨地往北來，走著走著還回回頭。

虎爺雖然是雙手扶著他，架不住他的上半身猛地往下一倒，他摔了下來。天賜叫了一聲，燈落在地上。全是黑的，只是天上隱隱的有些浮光，飛著紙灰。

二十一 人面桃花

戰事完了。雲城果然紅了半個天，應了天賜的詩句。爸的福隆只剩下點焦炭與瓦塊。重要的帳簿與東西，在事前已拿了出來；貨物可全燒在裡面。爸從前的馬虎是因為他有把握，那是太平年月，眼看著福隆完了，他覺得無須再活下去了。這幾年他不敢馬虎，而結果反倒是這樣，對於買賣與他自己完全不敢信任了。火是無情的，槍子是沒眼睛的，他的老年是在火與槍彈中活著，沒想到過！他病了一大場。

天賜多少日子也沒到書房去，他不能再作詩。他對不起爸，不應當作那「紅半個天」的句子。他對不起雲城，南街北街燒了兩大片，最熱鬧的地方成了土堆。在作詩的時候他小看雲城；當雲城真受了傷，他反倒愛它了。不該詛咒這個城，他覺得。他不敢多上街去。營商是他所不喜歡的，但是隨便把別人的房子燒了，他簡直沒想到過；他後悔作過那樣的詩。他到底是爸的愛子，感情使他憐惜著爸。他很細心伺候爸，唯恐爸就這麼死了。媽媽是為替他爭氣而死的；不能再把爸咒死。他覺出他的矛盾來，可是沒法調和；爸的病是真的，不能因為爸的志願不高尚而不管，他沒有那樣的狠心。聽著爸在床上哼哼，他不能再逃往詩境；生死是比柳風明月更重大的，雖然他不甚明白關於生死的那些問題。

學生們恥笑他，說他開倒車去盡孝道。趙老師來信，說他不同來上海是他的不偉大；幹什麼就幹什麼；腳踏兩隻船是不可能的。天賜不理他們，由他們說去，先看爸的病要緊，這是種責任。

爸的病慢慢地好上來。沒人在他面前敢提「福隆」。他自己反倒笑了：「你們都不提福隆，好！其實，算什麼呢？在病裡我琢磨出來了：我沒本事，一向馬馬虎虎，運氣叫我賺了倆錢。後來我打算不馬虎了不是，福隆倒連根爛了。我不明白，我也不想明白。還是馬虎好，老了老了，何必呢?!」

他雖是這麼說，大家誰也不信。及至他能出去活動活動了，總繞著走，不由福隆的火場經過。他拄上了拐杖，一邊走一邊和自己說，白鬍子一起一落像個白蝴蝶。他念叨「福隆」呢！

爸能出去活動，天賜也又有了事做。他加入了雲社。這是雲城幾家自古時就以讀書做官為業的所組織的詩社。社裡的重要人物的門前差不多都懸著「孝廉」、「文元」等字樣的匾。他們走在縣衙門前咳嗽得更響亮，走在商會事務所外鼻子哼出涼氣。他們的頭髮雖剪去，可是留得很長，預備一旦恢復科舉好再續上辮子。他們的錢都由外省掙來；幼年老年是在雲城，中年總在外邊；見過皇上與總統的頗有人在。他們和雲城這把兒土豆子沒來往。

天賜本沒資格加入雲社，可是經小學的一個同學的介紹，說他是孝子，並且能作詩，雖然是商家的子弟，可是喜歡讀書，沒有一點買賣氣。所以他們願意提拔他。這個同學——狄文善——雖也才二十上下歲，可已經彎了腰，有痰不啐，留著嗽著玩。雲社是提倡忠孝與詩文的，所以降格相從許天賜加入。

雲社每逢初一、十五集會，他們不曉得有陽曆。集會是輪流著在幾家人家裡，也許作詩鐘，也許猜燈謎，也許作詩，有時候老人們還作篇八股玩玩。天賜這又發現了個新世界，很有趣。這裡的人們都飽食暖衣的而一天發愁——

他們作詩最喜歡押「愁」、「憂」、「哀」、「悲」等字眼。他們吸著煙捲，眼向屋頂眨巴，一作便作半天，真「作」。什麼都愁，什麼都作。天賜第一次去，正趕上是作詩，題是「桃花」。

他學著他們的樣子，眼向上眨巴，「作」。他眼前並沒有桃花，也不愛桃花，可是他得「作」。大家都眨巴眼，搖頭，作不出。他覺得這很好玩，這正合他的胃口，他專會假裝。他也愁起來。愁了半天，他愁出來四句：

> 春雨多情愁漸愁，百花橋下水輕流，
> 誰家人面紅如許，一片桃雲護小樓。

他自己知道這裡什麼意思也沒有，純粹是搖頭搖出來的。假如再搖得工夫大一些，也許搖出更多的愁來。他不能再搖，因為頭已有點發暈。及至一交卷，他知道他有了身分，這些老人——原本沒大注意他——全用一種提拔後進的眼神看他了。他開始以為他的詩有點意思，可惜頭搖得工夫小了些！老人們愛那個「愁漸愁」。

有個老人也押愁字，比天賜的差得多——「流水桃花燕子愁」。可是大家閉上眼想了半天，然後一齊如有所悟：「也很深刻！」老人自己想了想：「誰說不是！」天賜也閉眼想了想，或者燕子也會愁，沒準。

除了作詩以外，天賜還看到種種的新事，人家屋中有古玩，有字畫，果盤中擺著佛手。人家喝茶用小盅，一小盅得喝好幾次。人家說話先一咧嘴，然後也許說，也許不說。人家的服裝文雅，補丁都有個花樣。人家不講論飯館子，而談自家怎樣做小吃。人家的笑帶鉤兒，還帶著「我看不起你」的意思。人家什麼事都有講究。人家稱呼他「賜翁」！

他也得那樣，當然的。這些人與趙老師不同而且更好了：趙老師不講究衣服，這些人也穿得很隨便，可是這些人在不講究中有講究；他們把綢子做裡，而拿布做面，雅。趙老師三個月不理髮是常事，這些人的髮也很長，可是長得有個樣子，不使油而微有些香水味。他們不穿皮鞋，可是穿絲襪子；老式的千層底緞鞋，絲襪，有種說不上來的調和與風雅。

這是媽媽的辦法，而加上點更高的審美，這像桂花，花朵不鮮明而味兒厚。天賜愛這個。媽媽對了，人是得做官，離開雲城去做官，見過皇上或總統的人畢竟不凡。這些人看不起白話文，白話詩，連讀小說都講究唐人作的。他很慚愧他作過白話詩。這些人看不上男女同行，他們講究納妾，納妾好作詩，風流才子。他們不問他的家事，不問家中有什麼財產；他們偶爾談到錢，是說有件古玩已見過二千五還沒賣。他們能拿起件古東西而斷定真假。他們差不多都會畫山水，自己誇獎著，他們懂得醫術，自己能開方配丸藥。他們提到一個人，先說一大套官銜，哪年哪月升的，哪年哪月撤差，都絲毫不亂。他們管本縣縣長叫「徐狗子」。

他回家就脫了皮鞋。看屋裡，俗氣通天！登上椅子把「蘇堤春曉」的鏡框扯下來，扔在廚房去。他得去設法弄字畫，如一時沒有錢買古玩的話，佛手是必須擺上的。他自己的服裝是個問題，即使爸給錢，他不曉得怎樣去做，也叫不上來那些材料的名兒來。

狄文善給他出了主意，叫他到元興估衣鋪去買幾件「原來當」的老衣服，如二藍實地紗袍子，如素大緞的夾馬褂；買回來自己改造一番，又經濟又古氣。狄文善隨著他去，給他挑選，給他賒帳，再給他介紹裁縫鋪。天賜沒錢沒關係，狄文善願借給他；要不然，狄文善就全給他賒下，到節下把賬條直接送給爸——一個才子給爸拉點賬是孝道的一種，天賜愛這個辦法，這可以暫不必和爸直接交涉，等賬條到了再說。狄文善什麼都在行，而且熱心；什麼老鋪子都賒得出東西來，而且便宜。鋪子裡都稱呼他「二爺」，他們給二爺沏茶，讓二爺吸煙，陪著二爺閒談。二爺要賒帳，他們覺到無上的光榮。二爺彎著點腰，看他們的東西都有毛病，他咳嗽著，搖頭，手指輕彈著象牙長煙嘴。二爺挑好東西只說一句「節下再算」。他們把二爺送到門外。

天賜打扮上了，照了照鏡子——不像樣！扁腦勺，拐子腿，身腔細，穿上古裝，在滿身上打轉；真像穿上了壽衣。二爺給他出主意：「彎著點腰，以軟就軟，以鬆就鬆；再搖著點，自然瀟灑。」天賜搖起來，果然是脫了俗氣，和呂洞賓有點相似！初在街上搖擺，大家看他，他要害羞；和二爺走了兩趟，他的鼻子利用原來的掀卷頂到了樹尖上去，聞著仙人在雲中留下的香氣。他的腳尖不往一塊碰了，因為用腳踵走，走得很慢很美。

扇子之類的小零碎，在雲城不易買到古式的，二爺有時送給他點小玩意兒，有時賣給他。賣給他的，並不當時要錢，也不說價，二爺不是商人：「先拿著用吧；這把扇子還是祖父在杭州做官時買的，畫得好，寫得也不壞。扇骨可別用汗漚，這是斑竹，可不同普通的竹子，把花紋漚黑了可糟！」二爺是真朋友，什麼都教給他；為他，二爺賠了好多錢。生活也確是有了趣味，什麼都做，而做得不傷神；什麼都談，談得很雅。他們一同到城北去垂釣——絕不能說釣魚——二爺的魚竿值三十多塊錢，二爺說！釣著魚與否全沒關係，為是養神。天賜真覺得必須養神，不趁著年輕力壯養神，什麼時候才養呢？二爺的魚蟲是在瓷罐裡養過一個多月的，用濕細草紙蓋著，通紅，像一條條的珊瑚枝。釣了半天，二人才釣上一寸多長的一對小「柳葉」，可是有多少詩意呢！

天賜也到二爺家中去。二爺的姐姐比二爺大著兩歲，是個才女，會畫工筆牡丹，會繡花，會吹簫。二爺的母親很喜愛天賜。去過兩趟，老太太就許他見見才女。才女出來周旋了兩句就進去了，可是天賜以為是見了仙女。才女叫文瑛，長長的臉，穩重，細弱；兩道長細眉，黑而且彎。穿得隨便而大雅。

文瑛是她父親在廣州做官時生的，父親死在任上，她會講廣州話！狄老夫人順口答音地把天賜家中情形都探了去（沒問，是順口答音地探）。而後二爺透了點更秘密的表示，假如這三位才子聯為一家……天賜落在一種似戀非戀的境界裡，又想起來「我與小姐有一度姻緣」。可是沒法叫她知道了；她不常見他，偶爾給他一兩聲簫聽聽！他得作詩了，「如此簫聲疑夢裡，桃花一半在雲間！」他哼唧著，搖著頭，落在枕上一兩點養神的淚，因為睡不著。

狄老夫人非常地厚待他，有什麼不對的地方也委婉地說他，她說：「我拿你當作親兒子！」她告訴他說話要小心，舉止要大方，帽子別著了土，鞋底邊得常刷點粉，衣服該怎麼折，茶要慢慢地喝。

「在我這兒都可以隨便，咱們這樣的交情；在別人家就得留點神，是不是？」她找補上。他很感激，他就怕人家笑話他是商人的兒子。到別人家去，獻上茶，他乾脆不喝；渴就渴，不能失儀！在狄家他稍微隨便一些，既然狄老夫人對他那麼親熱。有時候狄家來了客，他可以不走，而躲在二爺屋中去。文瑛會在這種時節給他端一小碗八寶粥，或是蓮子羹來。「怕老媽子手髒，我自己給你端來了。」她把碗放下，稍微立一會兒，大方而有意地看他一眼，輕輕轉身，走出去。天賜不再想回家。

這些，他都不敢讓爸知道。他的古裝不在家裡穿。虎爺看見了他的打扮，他告訴虎爺：「這便宜呀，舊的改新；你摸摸這老材料夠多麼厚，十年也穿不壞，省錢！」沒法子，對虎爺不能不說這種無詩意的話，饒這麼說，虎爺還直吐舌頭。

最放心不下的是那些賬條。設若到年底，爸忽然接到它們而不負責還債，怎辦？怎辦？他假裝馬馬虎虎，可是不能完全忘掉。他甚至於想起個不肯用，而到萬不得已時還非用不可的辦法：趙老師的錢的創造法——偷東西去賣。

這個不是高明法子，也有點不體面，但是為自己在外邊的身分與尊嚴，為這種生活的可愛，到必要時還非這麼幹不可。即使得罪了爸，也不能捨棄這種生活。這是在雲間的生活，高出一切。他開始覺到人應當有錢。爸的弄錢是對的，不過不應那麼花。人須先有錢，而後像雲社的人們那樣花，花得有趣而沒有錢聲與錢味。錢給他們買來詩料。

更使他不忍捨棄這種生活的自然是文瑛。一個會畫會寫的女子在家裡！一對兒才子才女！天天在一塊兒作詩，替桃花發愁，多麼有趣！文瑛必是愛他的，他想。不是女學生那種隨便交際，而是盡在不言中的一點幽情；那碗八寶粥！把爸的錢都花了而得到她，也值。

他念《西廂記》，送完粥，臨去秋波那一轉！他的想像使他的全身軟起來，他覺得自己該變成個女的——安靜，溫柔，多情，會畫工筆牡丹，多愁善病。決不能再做黃天霸了，那可笑。他得是張生，賈寶玉多情多得連飯都可以不吃，身子越瘦越會作詩。人得像蝴蝶似的，一天到晚在花上飛。他願化為蝴蝶，一個小小的黃蝶，專愛落在白牡丹上！他得偷爸的東西，好當蝴蝶。

二十二 家敗人亡

爸的病始終沒好俐落，好幾天，歹幾天；他自己向來不會留神，稍好一點他便想吃口硬的，吃了便又不舒服。他不想恢復福隆了，沒那個精神；那兩個買賣，他也不大經心，他得恢復他的馬虎，這可是另一種馬虎，一種不能不承認自己的衰老的馬虎。這種馬虎是會殺人的。

天賜十九，爸七十。天賜願給爸辦整壽，他有了會寫會畫的朋友，他得徵求壽文壽詩壽圖，以減少爸的商人氣，而增高自己的名士身分。爸打不起精神幹這個，可是也不便十分攔阻，這是兒子的孝心。他已給兒子還了不少的賬——連狄二爺那把扇子開來賬條——爽性叫兒子再露一手。他還那些賬的時候，不能不叨嘮幾陣，可是同時心中也明白，兒子不是為吃喝嫖賭花了，是為置衣服買東西，雖然那些破東西沒有一樣看上眼的。他想開了，兒子本是花錢的玩意，不叫他這麼花，他會那麼花。他看不起雲社那群「軟土匪」，可是他們也有用處：商會辦不動的事，他們能辦，他們見縣官比見朋友還容易。

兒子不和他們打拉攏，很好；能和他們瞎混，也好。這年頭做買賣不是都得結交軟土匪與官場嗎？隨兒子的便吧，他管不了許多。天賜的婚事倒是常在他心裡，他怕兒子被雲社那群人吃了去，真要娶個官宦人家的小姐來，那才糟。他自己吃過了虧。他自己年輕的時候，也是迷著心，而老太太的娘家父親愛上他的和氣與財力，非讓他做女婿不可。他一輩子沒翻過身來。他並不恨老伴兒，可是想起來不免還有懼意。結婚最保險的辦法是女的比男的窮，身分低；駙馬爺至多會唱「四郎探母」！是的，他得趕緊替天賜張羅著，趁著自己還有口氣。

先辦壽，後辦婚事，花吧，反正自己還有多少年的活頭？福隆都燒了，身子落在井裡，耳朵還能掛得住？

天賜比媽媽又厲害了，先排練虎爺：「虎爺，有人來找我，你站在屏風門外喊『回事』，明白不？等我答了聲，你再向外喊，『請』。然後拿著客人的名片，舉得和耳朵一邊齊，你，在前面，叫客人跟著，不要慌，慢慢地走，眼看著地，會不？來，練習一個！」

虎爺想了想：「咱哥倆說開了，我不會；就是會，我也不來這套，明白不？你要是不要我的話，吹！我不會耍猴兒玩。告訴你，你那頭一對嘩啷棒是我給你買的，不是揭根子，我懂得交情。我就是不幹這路鉤套圈，明白不？」

天賜的臉都氣綠了。可是沒法對付虎爺，虎爺到底是他最老的朋友。他也沒有辭去虎爺的能力；虎爺要是想揍他一頓，還真就揍。雲社的人們是不講打架的。

天賜把這口氣咽了，過了一會兒反覺得自己很有涵養。同時雲社的人都很誇獎他，他們決定下次集會討論牛老者的壽文問題。他們非常地熱心，願把次好的字畫陳設借給他用，給他出主意，替他去跑腿。他們就是喜歡別人按照他們的排場辦事，他們賠上倆錢也願意；賺幾個更好。

他們可是暗示給他，到辦壽那天他們不能去賀壽；和些商人混在一處是破例的事，他們不肯破這個例。他們可以在正日子的前一天來，假如天賜願意給預備幾桌精細酒飯的話。天賜覺得這是一種優遇，不是污辱。他希望女眷也能來，目的是在文瑛。假如文瑛肯來，他與她的關係就能更親密一些。他確信這是個好機會。他可是不敢去明說；私下裡寫個短箋更多危險。他先求她畫張牡丹，再說別的。他不敢猛進，彷彿更明白了什麼是愁與《西廂記》。

爸的壽日的前三天，爸的精神很好，叫紀媽做了點湯麵，吃完，想到鋪中看看，剛要走，來了個夥計，告訴他：「源成銀號倒了。」

「什麼？」爸的眼直了。

「源成倒了。」

爸沒說出第二句話，就癱在那裡。

天賜慌了，忙叫虎爺幫著把爸抬到床上，而後去請醫生。醫生沒給開方，告訴他預備後事。

爸就那麼昏昏迷迷，挺在床上，呼吸很慢可是很粗，白鬍子一起一落，沒有別的動作。

爸不信服銀行，他的錢全交在源成，一個山西人的老買賣。自從廣東的「稻香村」頂了山西人的乾果店，浙江人也頂了山西人的銀號。可是源成沒倒；幾次要倒，都是謠言；牛老者沒有信過一回這種謠言：「源成要是倒了，就沒了天下！」他笑著說。他不信那些新事兒，什麼保火險，買保險箱，他都不幹。他只信源成，源成在他年輕的時候已經是老買賣；況且源成確能使他信靠，交錢支錢，開個匯票，信個三千五千，全沒錯兒，而且話到錢來，沒有銀行那些囉裡囉嗦。源成真倒了，沒了天下！他什麼也不知道了。他的倆買賣能不賠不賺地維持；源成拿著他的命。

天賜想不到這些，他著急，可是還迷著心做那個官樣的壽日。他只信醫生一半話，還希望爸會起來，仍然做七十整壽。他看著爸，爸睜了幾次眼，都沒說出什麼又閉上了。爸的手已不能動。

到了半夜，他開始怕起來，爸的呼吸更困難了，眼睛已不再睜開。他又看到了死，死又使他清醒過來：「虎爺，爸不好！」他的淚隨著下來。他希望爸——像媽那樣——跟他說幾句話。爸一輩子沒說過什麼漂亮的，可是爸可愛，爸是真愛他。哪怕胡說幾句話呢，他願聽聽爸的最後的聲音。死時而一語不發比死還難堪，爸不是還有點呼吸麼？他不由得叫出來：「爸！爸！」爸連眼也不睜！「爸！你說一句！」爸不語！

他覺到許多地方對不住爸，他不應當看不起爸；爸要死，而他無從跟爸說他的過錯！爸真的是可愛的。紀媽和虎爺主張給爸穿壽衣，以免死後倒動。他不肯，他不肯那樣狠心拿活人當作死人待，爸還有氣兒呢。可是他拗不過他們去，壽衣找出來，剛穿上褂子，爸已不再呼吸。他放聲地哭起來。媽死的時候沒使他這樣傷心，並不是爸的身分與智慧比媽高，不是；爸可愛，不管他是商人還是強盜。

怎辦呢？他沒主意，他想坐在爸的身旁看著，看到永遠；或是去睡覺。他不能去睡。他必須出主意，媽死的時候有爸操持一切；現在，爸也找了媽去，只剩下他自己。他知道這個，可是沒辦法。虎爺，虎爺是他的老友，他要求虎爺。虎爺沒放聲哭，可是淚始終沒乾，頭上出著冷汗。虎爺從十二歲就跟著爸。爸死，虎爺把以前的委屈都想起來，況且以後他沒了家——牛家就是他的家。

虎爺出了主意，先到鋪子取點錢，然後通知親戚。天賜怕那群親戚，但是沒法不通知。對於取錢，他想爭取一些，這場喪事必須辦得體面，像預定的辦壽那樣體面，這才足以對得起爸，爸的錢還給爸用。

虎爺一清早就出去了，先去取錢。只取來二百！他和鋪子裡打聽明白了：鋪子有「賬」：人家欠鋪子，鋪子也欠人家，做買賣本是一種活動周轉。爸死了，欠人家的債得還，而帳本上人家欠鋪子的未必能要進來。這麼一翻身，兩個鋪子所有的貨、錢，未必夠還債的。源成是倒了，存的錢已連根爛，而且沒地方再周轉去。兩個買賣都得倒。

天賜傻了，他不懂買賣，他以為買賣就是平地挖錢。怎麼他也沒想到買賣會要倒。他更覺得爸不應死，可是已經死了！他想到雲社那群朋友，他們必定有主意，他至少還有兩所房屋。房子可以不要，爸的喪事必須辦得風光，只有這個可以補上一點孝心，等爸入了土不就太晚了麼？他囑咐虎爺去請親友，也請幾位雲社的人，主要的是狄文善。他似乎很有把握了，有雲社的朋友來，親戚們便不敢鬧，朋友們是隨便可以見知縣的。朋友們來必定會指著兩所房弄些錢來，他必須為父親花一兩千。

虎爺跑了一天。晚間，天賜希望來幾個人；沒個人影。第二天，鋪子來了幾個人，慌忙著又走了，只留下兩個學徒幫忙。天賜等著近親來到好入殮；沒個人影。壽木是早已預備下的，爸自己看的木料。

沒人來，只好按時入了殮，連虎爺也哭放了聲。

接三，除了鋪中來了幾位，還有兩三家遠親。別人都沒到。

源成倒了的消息早已傳遍全城，跟著就是牛老者死的消息。誰肯來弔喪呢？雲社的人本和天賜沒關係，他們提拔天賜，因為他好玩，而且知道他有錢。現在他的錢沒了，還理他作甚？他們不提「錢」這個字，可是關於錢的消息比誰也靈通。近親更不用提，對於錢的來去比人的生死更關心多多了。他們都知道了，何必再來燒紙弔孝，白費些錢？他們等著呢，等天賜賣房時再說，他只要敢賣房，他們就有個陣勢給他瞧。他如不賣，他們會叫他賣。他們盯著那兩所房；死幾個牛老者也沒大關係，他們才不來白賠眼淚。

送三的時節，天賜哭得死去活來，冷清清的只有他一人穿著重孝，虎爺落著淚攙扶著他。幾個夥計腰中圍了孝帶，手中拿著長香。

和尚在空靜的街上打著樂器，打得極快。後面跟著幾個看熱鬧的孩子。送三回來，虎爺已熬了兩夜，倒在條凳上就睡去。兩個學徒和紀媽、虎太太商議好分著前後夜。靈前跳著點燭光，天賜坐在一旁，眼哭得乾巴巴的疼。他都明白了：錢是一切，這整個的文化都站在它的上面。全是買賣人，連雲社的那群算上，全是買賣人，全是投機，全是互相敷衍，欺弄，詐騙。他不應當看不起爸，爸是對的，況且爸還慈善呢，至少是對於他。他不恨任何人了，只恨他自己，他自己沒有本事，沒有能力，他仗著爸的錢去瞎扯淡，他不知將來怎樣，沒主意。小小的個人，已經看到兩次死，死是總帳。他想起媽媽，和那顆小印。媽媽囑咐他做官，爸臨死什麼也沒說，他到底去幹什麼呢？幹什麼不都得死麼？他不再想了，死是總帳。他就那麼坐著打開了盹兒。他看見過去的事和爸，迷迷糊糊的。猛一點頭，他醒了，爸在棺材裡，他在棺材外，都像夢。和尚又回來念經，他繼續打盹，可是不能再迷糊地看見什麼。

出殯依然冷落，沒有幾個人。爸掙了一輩子錢，媽媽的殯反倒那麼風光！他已哭不出，只和虎爺一邊走，一邊落著淚。走到狄家門口，文善文瑛都在門口站著呢，就那麼站著，沒有任何表示。文瑛設若躲進去，也還算有情。她不動，正和街上看殯的人一樣冷靜，她似乎絕不認識天賜。他認識了自己：「天賜，你什麼也沒有，除了爸那幾個錢；現在錢完了，你什麼也不是！」

出了城，「杠」走得非常的快。爸和媽並了骨。他的淚又來了，爸和媽全永遠埋在這裡，只有那個墳頭是他們曾經活過幾十年的標記，像兩個種子深深埋在地下，只等腐爛！他捉不到什麼，什麼都是墳地樣的空虛。

他怕回家，那個空家。但是必須回去，家到底是個著落。可是，不久這個著落也得失去！他和虎爺回來，虎爺是他唯一的朋友。虎爺不會作詩，沒有排場，不懂什麼，可是有一顆紅的心。

鋪中掌事的等著他呢，買賣是收與不收，聽他一句話。收呢，馬上報案；不收呢，他得有辦法；他如能周轉錢去便可以不收。他沒有那個能力，也沒心程做買賣。收！

家中怎辦呢？他獨自帶著虎爺與紀媽過日子麼？吃什麼呢？房必須出手。賣去大的，再買所小的。紀媽得回家，雖然極捨不得她。平日和紀媽並沒怎樣的好感，現在可捨不得她，她是他的乳娘，自幼把他看大。前途是暗淡的，他想捉住過去的甜蜜，他愛老朋友。但是紀媽得走，沒法子。他親自送她到城外，給她雇上驢；走出老遠她還在驢上掩著臉哭呢。他不能放走虎爺，虎爺也不想走。

「不怕，不怕！」虎爺紅著眼皮說，「咱們有法子，不怕！」

決定賣房子，房子就分外地可愛，沒有一個犄角兒沒有可紀念的事兒的，他閉著眼摸也會摸不錯任何東西，它們都有歷史，都可愛。

可是房契在哪兒呢？虎爺不知道，天賜不曉得。虎爺知道牛太太活著的時候，是在她手裡，她死後，誰知道牛老者把它放在什麼地方了呢？虎爺到鋪子去問，大家都笑起來，鋪子豈是存房契的地方？他回來，和天賜翻箱倒櫃地找，找不到。爸是馬虎人。

「虎爺，」天賜在爸死後頭一次笑，「我看出來了，大概就是這點傢俱準是咱們的，別的全糟了！」

「不能，」虎爺彷彿是有把握，「不能！契紙一定在家呢，慢慢地找！」

什麼地方都找到了，沒影兒。天賜好像覺得這怪好玩了，「別是叫老鼠拉去了吧？」

虎爺沒說什麼。

買賣報了歇業，連福隆的地皮賣出去，僅夠還帳的。過了個把月，消息傳到天賜的耳中，房契是在鋪子掌事的手裡，爸交給他的。

他已經跑了，用契紙押了三千塊錢。房契還在雲城，沒有三千塊錢贖可是回不來。天賜得馬上搬家，人家要房住。

天賜反倒笑了：「虎爺，我說什麼來著？別的少說，咱們找房吧。」

虎爺以為天賜的嘴不吉祥，但是事實真是這樣，他也只好拿出笑臉來：

「不怕，咱們把東西賣巴賣巴，租個小房，再想辦法，活人還能餓死？」

天賜雖不能高興，也不太悲觀，開始寫小紙簽，該賣的都貼上，沒簽的是留下來的。狄二爺賣給他的那把扇子也貼上了小紙條！爸的衣服，他捨不得，「虎爺，我彷彿覺得這些衣服還有熱氣呢，不能賣！」

「你是玩呢，還是幹真事呢？」虎爺問。

天賜沒回答出來。

待了半天，虎爺想起來了：「你是愛玩；想當初你抓周的時候，抓的是嗶嘟棒。」

二十三　隱士賣梨

正在整理東西，有人來找虎爺，說他的老丈母娘在城外等著他呢，有很要緊的事。虎爺走了，天賜獨自看看這個，動動那個，信手地貼小簽兒。

進來一夥人，雷公奶奶領頭。天賜一看見她就木住了，好像蝦蟆見了蛇。一個男人把月牙太太困在後院，另一個男人把天賜拉到門口：「看著我們搬東西，一出聲或是一動，你看這個！」袖口中露出個刀子尖，在天賜的肋部比畫了一下。門口放著輛敞車。

天賜不敢動，呆呆地看著男女們往外搬運東西，搬得很快。雷公奶奶嘬著尖嘴，仰著頭，一趟一趟地搬，很有仙氣，看著看著，天賜感到了趣味，他欣賞他們給他的地位——大家好像都是他的僕人，而他監督著他們給搬家呢，他的身分很高。雖然刀子始終沒離開他的身旁，可是他覺得他須及時地享受，他微笑著，有時還幫句嘴兒：「掉地上一把扇子，老太太。」他惹不起他們，可是他會想像著樂觀。

人多好做事，不到一頓飯的工夫，細軟的東西和好搬的小件已裝滿了車。袖裡藏刀的那位很客氣地代表大家對他說：「大件的木器給你留著，咱們是親戚，不能趕盡殺絕，是不是？再見吧！」

天賜以為這種客氣幾乎可以媲美雲社的人們，他也不能失禮：「謝謝諸位！要是願意的話，再拉一趟吧！」

「那就不必了，大家都很忙，沒那個工夫，再見。」

大家依依不捨地分了手。

桌子大櫃，箱子什麼的都留在原處；櫃中箱中可是都空了。椅子一把沒留。牆根上落下一把扇子——狄二爺賣給他的那把。天賜拾起扇兒，心中茫然。月牙太太從後院跑來，廚房並沒動，只搬走了兩口袋麵。天賜不愁，也不生氣，低著頭在屋中走溜，一點主意與思想都沒有。

虎爺回來可愣了：「調虎離山計！哪兒有什麼老丈母娘呀！你就老老實

實地看著他們搶?」

天賜覺得「調虎離山」用得十分恰當:「不老實著怎辦呢?肋條上有把刀子!」

虎爺又開始點東西,看看有多少木器;再說,堆房裡還有些零七八碎呢。天賜攔住了虎爺:「虎爺,歇歇吧,怎知道他們不再回來拉木器呢?」

「敢!再來?人命!」虎爺氣得臉都紫了。

「那才合不著。好膩煩,睡會兒去!」天賜上了西屋,床上的被褥已經搬了走,他就那麼躺下去。

虎爺雖然不怕出人命,可是也不敢找雷公奶奶們去,她們是牛家的本族,他怎能夠管?他只好馬上把木器們撮出去,能賣多少錢賣多少,別等他們真再回來。廚房的東西留下一部分,還留下床和兩隻箱子,其餘的全賣。他上街去找舊貨販子,叫虎太太鎖上大門,非等他回來不開。

那麼些東西只賣了一百五十多塊錢,還是三家合股買的,雲城好像要窮乾了。虎爺準記得那張條案是三十多塊買的,可是人家說得好:「現在誰要這種老沉貨呀?誰花三十多買一張桌子呀?東西是好哇,可是得在手裡壓著,一輩子未必有個買主。你這是老人家了！」

這末一句稱讚使虎爺落了淚。老人家了！虎爺狠了心，賣；總比又被人家搶了去強，雖然這比被搶也差不了許多。

有了這點錢，天賜又有主意，他計畫著，想像著，比如他和虎爺開個小鋪子，或是一同上上海，主意太多了，他也說不上哪個較比的好。這麼亂想使他快活；他看著媽媽的箱子與爸的床被人抬走本想要哭。虎爺不撒手錢，並且告訴天賜少瞎扯淡。虎爺有主意，他先去租三間房，然後再講別的。叫月牙太太把錢票給他縫在小褂的裡面，他出去找房。天賜覺到虎爺的能幹，好吧，隨他辦吧；有人辦事就好，他自己只會想像。

房租好，虎爺買了兩把椅子，因為椅子都被人搶去。桌子就用板子支搭，用不著買。廚房的東西一點不缺，搬過去馬上可以做飯。就剩了搬運。天賜的臉白起來，淚在眼中轉；這真得離開家了！就剩了那麼點點東西！他捨不得那兩株海棠，捨不得那個後院——練鏢耍刀的寶地！不能白天搬，媽媽活著肯白天搬家而只搬著兩隻空箱與一些碎煤麼？媽媽是可愛的，那些規矩是可愛的，媽若是活著，不會落到這步田地，不會！就是爸活著也不能這麼四大皆空。他曾反抗媽，輕看爸；如今，他自己就是這樣！他不許虎爺白天搬運，等太陽落了再說，反正東西不多。他不怕別的，還不怕雲社的人看見麼？

虎爺不聽這一套。「你不用管好了，我們倆搬；你看看門橫是行了吧？」

天賜獨自看守大門，不能再鬧玄虛了，這是真事！他恨他自己，什麼本事也沒有，連點力氣都沒有，到底是幹什麼的呢？只會玩，只會花錢，只懂得一點排場，當得了什麼呢？他應當受苦，他沒的怨。

不大會兒虎爺夫婦已把東西運完，看房的也來到，該走了。天賜不肯邁那個門檻，這一步便把他的過去與將來切開，他知道。十九年的生活舒適飽暖，門檻的外邊是另一個世界。他不肯哭，可是淚不由得落下來。他癱軟在那裡。虎爺也紅了眼圈，一把扯住天賜，連拉連扯地走了出去。他們都不敢回頭，門洞中兩塊石墩有什麼樣的黑點都清清楚楚地在他們心裡。

虎爺租的三間屋是西房，院中大小一共七家兒，孩子有三十來個。最闊的是郵差，多數是做小買賣的，還有一家拉車的。爐子都在院裡，孩子都在院裡，院裡似乎永沒有掃過。三間西屋的進深非常地小，要是擺上張大八仙桌便誰也不用轉身。虎爺用木板支了張長案，正合適。進深小，可是頂子高，因為沒有頂棚。牆上到處畫著臭蟲血。天賜住北邊那間，虎爺們住南間，當中做廚房。

天賜受不了這個。窗戶上的紙滿是窟窿，一個窟窿有一隻或兩隻眼看著他，大概院中的孩子們有一半都在這兒參觀呢。「扁腦勺兒。」「還穿著孝呢。」大家觀察著報告著。虎爺已經很累，倒在床上睡了，好像這三間屋子非常可愛似的。天賜也倒在床上，看著屋頂的黑木椽，椽上掛著不少塵穗。他睡不著。想到在雲社的人們家裡集會，作詩，用小盅吃茶，他要慚愧死。

虎爺醒了，出去買吃食。他們夫婦吃窩窩頭，單給天賜買了三個饅頭。菜就是炒鹹菜。天賜看見單給他買饅頭，生了氣。「為什麼看不起我呢？我能吃粗的！」

「好吧，以後不再給你單買。」

天賜放在口中一塊窩窩頭：「好吃；這不跟十六里鋪那餅子是一樣的麵嗎？很可以吃。」

「吃過三天來就不這麼說了，」虎爺還把饅頭送在天賜的手下，「說，咱們幹什麼呢？」

「咱們？」天賜又要施展天才。

「別胡扯，說真的！」虎爺迎頭下了警告。

「真的？我沒主意。」

「咱們這兒還有一百多，做個小買賣怎樣？」

「叫我上街去吆喝？」天賜不覺地拿起饅頭來。

「我吆喝，你管賬，擺個果攤子；我會上市。」

「叫我在街上站著？」

「還能在屋裡？」

「我不幹！」天賜不能在街上站著賣東西，「我會寫會作，我去謀事，至少當個書記。」

「哪兒找去？」

天賜不曉得。「要是餓死的話，我是頭一個，我看出來了。」

「實話！」虎爺一點也不客氣，「你是少爺，少爺就是廢物，告訴你吧。」

天賜沒法兒反抗，他真是廢物。他那個階級只出小官，小商人，和小廢物。他怕虎爺生氣，虎爺是唯一的，也是最好的朋友。把虎爺再得罪了，他大概真有餓死的危險。他答應了，做小買賣吧，誰叫他自己沒主意呢。既答應了這個，他又會思想了；他就怕沒主意，一旦有了主意——不管是誰的——他會細細地琢磨。他會設身處地地推想。只要他走入了一條道，他便落了實；行俠作義，作詩人，當才子，賣果子，都有趣味。趣味使他忘了排場與身分，這是玩。他想開了：老黑鋪子北邊就不錯，那裡短一個果子攤，而且避風；趕上有暴雨，還可以把東西存在老黑那裡。想起這個，便想起「蜜蜂」，應該看看她去，她也是老朋友。

吃過了飯，他立在屋門口看著街坊們。他覺得這群人都也有趣，他們將變成他的朋友，他也要做小買賣了。他們都沒有規矩，說話聲音很高，隨便跟孩子瞪眼，可是也很和氣，都向他點點頭，讓他屋裡坐，連婦女也這樣。他們吃飯就在院裡，高聲地談他們自己的事：什麼使出張假錢票，什麼蒙了個五歲的娃娃，他們都毫不羞愧的，甚至於是得意的，說著。天賜很容易想出來：城裡的都是騙子，錢多的大騙，錢少的小騙，錢是一切。只有一個真人好人，據他看，紀老者。

紀老者不騙人。他想起紀媽，她還進城來不呢？

虎爺沒工夫管鄰人們，他忙著籌備一切。天賜插不上手，只會出些似乎有用又似乎沒用的計畫，他想像著由果攤就能變成個果局子，虎爺做掌櫃，他還可以去作詩。他得把攤子整理得頂美觀，有西瓜的時候得標上紅簽，用魏碑的字體寫上「進貢蜜瓜」。他得起個字號，「冷香齋」！詩人的果攤！他非常得意。

正是四月天氣，市上沒有多少果子。虎爺打了兩「炮」櫻桃、一些蕭梨、香蕉和青杏；配上點花紙的糖，紅盒的葡萄乾，也倒還像個攤子。天賜主張把青杏擺在小碟子上，蓋上菠菜葉。虎爺沒那個心腸。虎爺大概地把貨物擺上，天賜看不上眼。等虎爺家去吃飯，他把筐上的竹箍扯下來，削成細簽。然後重新擺弄果子，擺成塔和各種堆兒，果子不服從命令要滾，便用竹簽互相地插上，彷彿做豆細工似的。梨上還插上個紅櫻桃，頗為美觀。虎爺回來差點氣瘋了：「把梨都插爛了，你是怎回事呢？你？」

天賜不再管了，偷了點錢，去買了幾本小書，坐在攤後，他細心地讀念，稱呼自己為隱士。他是姜太公，有朝一日必有明君來訪，便做宰相。可是趕上他獨自看攤子的時候，來了買主，他很會要價，該要一毛的，他要四毛，人們不還價就拉倒，要是還一毛五就多賺著五分。這是他從院中的鄰居們學來的，他以為這很對。大家既都是騙子，做小買賣的吃了前頓沒有後頓，便更應當騙，騙得合理。爸有好多錢還想再賺，白了鬍子還一天到晚計算，何況只擺個果攤呢。

高興的時候，他很會講話，拿出他說故事的本領，運用著想像，他能把買果子的說得直咽唾沫，非馬上吃個梨不可。他的梨治一切的病：「老太太，拿上一堆，一堆才十五個，專壓咳嗽！看這小梨，顏色是顏色，味道是味道。先嘗一個，買不買不要緊。我拉個主顧！地道北山香白梨。」老太太不為自己吃，是給孩子們買。他登時改了口：「小孩吃這個頂好了，專消食化水。」老頭兒，小夥子，大姑娘，都必吃他的梨；他的梨連猩紅熱都能治。說著說著，他自己也真信了他的話，他也得吃一個，因為覺得有點頭疼。

吃完一個果子，順手打開一盒葡萄乾，看著書，隨便地捏著吃。趕上他不高興，什麼都是一毛錢一堆，拿吧。遇上老黑的孩子們從這兒過，果子是可以隨便拿的。孩子們專會等虎爺不在攤上由這兒過。有時候被虎爺看見，天賜會說：「我給他們記著賬呢！」

由孩子們的口中，他知道「蜜蜂」已出嫁，兩個大男孩已在鋪中幫老黑的忙。現在這一群是後起之秀；老黑自己也不準知道自己有多少孩子了。「蜜蜂」出嫁，嫁了個紙鋪的夥計。天賜心中有點不得勁，拿了兩包糖給孩子們：「給蜜蜂送去！」

二十四　狗長犄角

在雜院中，天賜明白了許多事兒。郵差住著北屋，身分最高，不大愛理人，早晚低著頭出入，好像心中老盤算門牌的號數。幾個做小買賣的是朋友；虎爺既也做買賣，所以他們對他很親熱，彼此交換著知識，也有時候吵起來，吵完便拉倒，誰也不大記著誰。拉車的身分最低，可是誰也不敢惹他，他喝倆錢的酒，隨便可以拚命。

大家對天賜顯著客氣，都管他叫「先生」。他越對他們表示好感，他們越客氣。他身上有股與他們不同的味兒，彷彿是。婦女們看他在院中便不好意思赤了背。他學著說他們的話，討論他們的事，用他們的方法做事，用他們的推理斷事；他到底是他，他們不承認他是同類。他們的買賣方法不盡誠實，他們得意自己的狡猾，可是他們彼此之間非常像朋友。為一個小錢的事可以打起來；及至到了真有困難，大家不肯袖手旁觀，他們有義氣。他們很髒，不安靜，常打孩子。天賜看出來，這些只是因為他們沒有錢，並不是天生來的髒亂。他們都有力量，有心路，有責任心，他們那麼多小孩都是寶貝，雖然常打。他不如他們，沒力量，沒主意，會亂想。他們懂得的事都是和生活有密切關係的，遠一點的事一概不懂。他們是被一種什麼勢力給捆綁著，沒工夫管閒事。手抓來的送到口中去。他可憐他們，同時知道自己的沒用。

他們管他叫「先生」，是尊敬，還是嘲笑呢？他不能決定。

他想鄭重地幫助虎爺，他必須變成他們中的一個。端陽節到了，虎爺紅著心做一筆生意，除了果品，還添上粽子，連月牙太太也忙起來，她得管洗米，泡棗，煮葉和包粽子。

買賣確是不錯，天賜高興起來，把書本放下，一天盯在攤子上。他的臉色紅起來，吃飯也很香，力量也長了。他覺出自己有了真本事。鄰人們都稱讚著：「先生有點勁頭了！」他不愛這個「先生」，而暗喜自己長了力量。節前，東屋老田夫婦打起來，他過去拉勸，為是試試自己的力氣；被田家夫婦把他揍在底下；架打完了，他還在地上趴著呢。大家都覺得對不起「先生」，而「先生」也承認了自己是「先生」。

節下的前一天，街上異常熱鬧。虎爺在太陽出來以前就由市上回來，挑著櫻桃桑葚紅杏。月牙太太包了半夜的粽子。天賜也早早起來，預備趕節。滿街都是買賣的味兒，錢鏽與肉味膩膩地塞住了空中。

在這個空氣裡，天賜忘了一切，只顧得做買賣，大家怎麼玩，他會跟著起哄的。他頭上出著汗，小褂解開紐，手和腕上一市八街的全是黑桑葚的紫汁，鼻子上落著個蒼蠅。他是有聲有色地做著買賣，收進毛票掖在腰帶上，銅子嘩啦啦地往笸籮裡扔，嘴裡嚼著口香蕉。稍微有點空兒，便對著壺嘴灌一氣水，手叉在腰間，扯著細嗓：「這邊都賤哪，黑白桑葚來大櫻桃！」他是和對過的攤子打對仗：「這邊八分，別買那一毛的，嗨！」

虎爺是越忙越話少，而且常算錯了賬：「又他媽的多找出二分！」天賜收過來：「那沒關係，我的夥計，明兒個咱們吃肉！哎，老太太要櫻桃，準斤十六兩，沒錯！」正在這麼個工夫，他一回頭，狄文瑛在攤旁站著呢。她還那麼細瘦，眉彎彎的，穩重。她沒向他點頭，也沒笑，就那麼看了他一眼，不慌而很快地走開。

天賜木在了那塊，忘了他是做買賣，他恨做買賣！一聲沒出，扣上他三毛錢的草帽，走了。

走了一天，到落太陽才回來。

虎爺恨不能吃了他：「你上哪兒啦?!」

他不出聲，戴著草帽收拾東西，皺著眉頭。

第二天是節下，他告訴虎爺他歇工。

「你歇工？我揍出你的糞來！你怎回事呀？」

「不怎回事，做買賣沒我！」

月牙太太怕二人吵起來，「得了，幫幫忙吧，明天再歇工；不賣今天賣幾個?!瞧我了！」

天賜的心軟了：「好吧，就幫今個一天！」

「你簡直不是玩意兒！」虎爺是真著急。

「別說啦，走吧！」虎太太給調解著。

過了十點鐘，應節的東西已賣得差不離，天賜想起肉：「虎爺，收了吧；

下半天有買賣嗎？家去吃肉。」

虎爺答應了，他以為天賜是想起往年過節的風光；錢已賣滿笸籮，虎爺也會體恤人。

「真想給紀媽送點東西去！」天賜一邊收拾，一邊念叨。

「過了節的。家裡的該住兩大娘家，你送她去，就手看紀媽。我也歇兩天，反正現在也沒什麼可賣的。節後得添酸梅湯了，是不是？」

正這麼一邊收攤，一邊閒扯，攤前過去個人，高身量，大眼睛，小黑鬍子，提著兩個點心匣子。他看了天賜一眼，天賜也看了他一眼，覺得面熟。他可是走過去了。走出沒有多遠，他又回來了，站在攤旁看著虎爺。虎爺以為他是買東西的，拿出收攤子不再伺候的勁兒，不去招呼。

「你是虎爺吧，我的銀兒？」高個子說。

「什麼？王老師?!」他們一齊地跳起來，「留了鬍子?!」

「可不是我！」大眼睛瞪圓了，拉了拉袖子，「哪兒都找到了，找不著你們。福隆沒了，別的買賣倒了，房子別人住著，聽說老頭老太太都過去了。怎麼回事兒？怎麼回事兒？」他倆爭著要說，誰也不再顧得收拾東西。

「這兒不行，走，吃飯去，我請；不請你們是個屌！」王老師先起下了誓。

「也得等把東西收起去？」虎爺說。

「也得家去告訴虎太太一聲兒去？」天賜說。

「怎麼？虎太太？有小老虎沒有呢？快收，虎爺你收，天賜你家去言語一聲，咱們在外邊吃；回來再看虎太太去。」

天賜向來沒跑這麼快過，摔跟頭也不怕，因為不怕也就沒摔。到了家，在窗外只說了：「王老師請吃飯！」磨頭就往回跑。

虎爺已把東西寄放在老黑那裡。王老師的點心本是給牛老者買的，也暫放在那裡。三人去找飯館，節下都歇灶，只有家羊肉館照常營業。

「將就了吧，」王老師領路，「改天再請吃好的。」

王老師一定請他們點菜，怎說也不行，非點不可，他們是真點不上來；王老師喊得和打架一樣。他們胡亂地要了倆，王老師又給補上了八個。然後問他喝什麼酒。天賜不會喝，虎爺也沒多大量。王老師自己要白乾，給他們要了點黃酒。

「一晃幾十幾年，嘿！」王老師看著天賜，「在街上不敢認，不敢認！虎爺也改了樣，可是還能認得出。我自己也老多了，老多了！」他抹了抹黑鬍子。

王寶齋確是老了些，可是還那麼精神；臉上胖了些，配上小黑鬍子，很像個大掌櫃的。他發了財。拿著牛老者的一千塊錢，他上了天津，也不短到上海。他什麼都幹，只要賺錢他就幹。他私運東洋貨，偶爾也帶點煙土，受朋友的托咐也代銷贓貨。可是他也越來越厚道，對於朋友。拿黑心賺錢，可是用真心交友，到處他是字號人物。他始終沒忘了牛老者。要不是那一千塊錢，他無論如何也倒不過手來。那一千塊錢，加上他自己的運氣，他就跳騰起來。這次，他特意來看牛老者。他不能把那點錢匯來，他得親自送上，牛老者對他有恩。

他問天賜的事。天賜像說故事似的述說了一遍，虎爺隨時加上點短而確當的補充材料。王老師一面讓他們吃菜，一面給他們想主意：「賣果子不像回事呀！」

他以為源成是連根爛了，那倆買賣也無從恢復；那兩所房還能弄回來。可是也有困難，既是押出去當然有年限，就是馬上有錢贖也不行。再說，贖回來也沒用：「倆賣果子的住兩所大房，不像話！你們可別多心，咱們是老朋友！吃菜！」只有一條好辦法，乾脆把房子出了手：要是典主願意再出點錢呢，一刀兩斷，房子便歸了他。他要是不願意呢，或是找錢太少呢，就另賣。這自然很麻煩，因為契紙沒在天賜手裡。可是也有辦法，王老師有辦法；非打官司不可呢，也只好打它一場。王老師去給辦，他現在眼皮子很寬，他有人有錢，官司打輸了——就打算是輸了——也得爭這口氣。

「一賣，本家又來呢？」虎爺問。

「都把他們鎖到衙門去，」王老師的臉已喝紅，一勁兒扯袖子，「衙門裡咱有人，軍隊裡咱有人，好虎爺的話，咱王寶齋為朋友不能含糊了！老山東有個牛勁！」

吃過了飯，王老師的小褂濕得像水洗了的，擦了五把手巾。「你們上哪兒？」他們沒地方去。「這麼著吧，幹你們的去，咱們明天不見後天見。我去看幾個朋友。要找我的話，南街南頭萬來棧。那兩匣點心，你們拿家去，我就不到老黑那裡去了。先替我問虎太太好！你們住在哪兒？」

天賜借筆給老師寫下住址。老師已是五十多的人，眼已有點花，掏出大水晶墨鏡看了看：「我說你有聰明，看這筆字，我要不給你找個文墨事兒做，我是個屌！」他開發了飯賬，就手給了虎爺十塊一張的票子：「給虎太太買點什麼吃。」

天賜們回了家。吃得過於飽，在道上就發了睏；躺在床上，可又睡不著，他想著王老師。起來，得和虎爺談談：「虎爺，老師真能給找個事嗎？」

「哪摸準兒去！」虎爺也睏眼朦朧的，「給她，一給十塊；沒我的事！」虎爺已把十塊錢給了月牙太太，他不能扣下她的。

「要是找著事，咱們可就不用做買賣了？」

「八字還沒有一撇，先別鬧油！」

「咱們先來包小葉喝喝，橫是行了吧？」

「那倒行，我也怪渴的，燒羊肉太鹹了！」

月牙太太的月牙更斜了，她張羅給買小葉去，她有了十塊錢，袋裡藏著呢。

「你要是把那十塊錢丟了，不把你打成小葉，你踢著我走！放下！」

月牙太太把票子給了天賜，「你給我拿著，我得先做件褂子，看我這件，看！」

「你們是一路貨！」虎爺下了總評語。

「我要是做了官，虎太太，」天賜故意地氣虎爺，「給你做件紗的！」

喝過了茶，二人全睡了。虎爺鼻子眼上爬著三個蒼蠅，他利用打呼的力量把牠們吹了走，而後又吸回來。天賜床上的臭蟲為是過節，白天就出來了，他會用脊背蹭，把臭蟲碾碎。他們睡去，虎太太由天賜的袋中掏出票子來，上了街，去買布——三個人一人一件大褂料，她並不自私。

等了兩天，王寶齋沒露面。天賜吃不住勁兒了。可又不好意思找老師去。就是去也得買點禮物，這是規矩。跟虎爺商議。虎爺也怕王老師鯰溜了，可是反對送禮。天賜是非帶著禮物不去。折中的辦法是把賣剩下的果子挑好的裝一筐，二人都同意。到了萬來棧，王老師還沒走，可是出去了，不一定什麼時候回來。天賜稍微放點心。

第五天頭上，棧裡的夥計找他們，說王先生在五福居等著他們呢。二位都穿上新大褂，連虎爺也不抱怨月牙太太了，新大褂到底是體面。

五福居是雲城最出名的飯館，有幾樣拿手菜，蒼蠅特別地多，老鼠白天就在地上跑。五福居發財都仗著這蒼蠅與老鼠，不准打；一打牠們，買賣准出毛病。

王老師在間雅座裡看蒼蠅們彼此對追玩呢。「來了，夥計們？坐，寬了大褂！我說，我已經定了幾個菜，你們還要什麼。客氣是個屌！」王老師的真誠是隨時用起誓封起來的。

酒飯吃個不離，王寶齋開始報告：「房子還是歸了典主，這省點事，雖然傷耗倆錢兒。兩所房按現在的市價，值五千五，賣不上六千，雲城窮啊！押了三千，總算他媽的會押；現在人家願再找一千五。一千五就一千五吧，咱們不是等著錢使？這算是停妥了，只等你去畫押，天賜。這有了一千五，是不是？吃菜！我呢，欠牛老者一千，他連利錢也沒要過，好銀兒！一年按一分利算，我就欠著你，天賜，連本帶利兩千多，是不是？喝一盅！我不多還，也不少，還你二千五，行不行？算在一塊兒，這是四千。」王老師喘了口氣，把一小碟菜扒拉在嘴裡，「這四千，我可不能交給你，你不用瞪眼；吃菜！我想好：給虎爺五百，開個小果局子。」

「哼，先擺著攤子好。」虎爺說得很不響亮，因為嘴裡堵著一口菜，「買果子的裡裡外外，我還沒全摸著門；拿攤子試手也好。再說呢，一個大攤子並不比小局子的買賣小。」

「不管你怎樣吧，反正給你留下五百，兌給個鋪子，哪時用哪時取。合著咱們還有三千五。天賜你有聰明，我想了，你應當念書去。跟我上北平，到那兒我把你安置好，你上你的學，我去幹我的。錢，我給你存在銀行裡，一年取五百，四年是二千。這二千存活賬，那一千五存長期四年，畢了業好手裡有倆錢。錢是你的，花多少可得由著我；一年五百足足地夠了。是這麼著不是？」

天賜的心要跳出來，北平！上學！一年五百！可是，「我連中學都沒上。」

「那沒關係！」王老師瞪著眼，「沒關係。我雖不懂學校的事兒，可是常來來往往，常有人托我辦這路事。北平有賣文憑的地方，買一張中學文憑。前些日子我還替孫營長的少爺買過一張。買了文憑就去報考，只要你交錢，准考得上。咱們熬個資格，你有聰明！做買賣你不行，天生來的文墨氣兒，是不是？」

「咱們什麼時候走呢？」天賜的心已飛出去。

「過兩天，聽我的信兒。」

「把虎爺擱在這兒？」天賜捨不得虎爺。

「你帶著他幹嗎？放假的時候不會來看他嗎？」

吃過飯，大家又分了手，天賜的鼻子又捲起多高來。虎爺家去整理天賜的鋪蓋，天賜和他要了幾塊錢在街上轉轉，得置辦點衣裳。

小攤上有身白布洋服，長短合適，只是肥著些，天賜花了兩塊錢買下。又買了條東洋領子，一條花蛇皮似的領帶，運回家來。叫月牙太太給他漿洗了，他把褲子趁著潮勁放在褥子底下，躺在床上壓了半天。一邊躺著一邊盤算：還得買汗衫、皮帶、皮鞋、洋襪……還得要錢。

虎爺又給了他十五塊錢。他不贊成這鬼子衣裳，可是天賜就要走了，不能再勒著他。二十年的工夫，看他長大的，虎爺心裡很難過，不能還不往外掏錢。

置買齊全，天賜上了裝。白洋服像蓮蓬簍，不抱著腰，而專管和袖子磨擦。領子大著一號，帽子後邊空著一指，無風自轉。褲腿短點，露著細腿腕，一挺胸就掀上一大塊來。皮鞋可是很響，花領帶也精神。虎爺說：「真夠洋味，狗長犄角！」全院的精神也為之一振，「先生」發了洋財，孩子們向他嘀哩嘟嚕，作為是說洋話。天賜要笑又不好笑，把手放在褲袋裡，心中茫然。

虎爺送他們上車，給天賜買了盒避瘟散，怕他暈車。火車一動，他的淚落下來。天賜平地被條大蛇背了走。直到車沒了影，虎爺還在那兒立著呢。

天賜後來成了名，自會有人給他作傳——不必是一本——述說後來的事。這本傳可是個基礎的，這是要明白他的一個小鑰匙。自生下到二十歲的生活都在這裡。我們可還是不曉得他的生身父母是誰；大概他的父，也許他的母，是有點天才的。以上所記的很可以證實這一點。聰明是天生帶來的，至於將來他怎樣用他的聰明，這裡已給了個暗示。這是個小資產階級的小英雄怎樣養成的傳記。

老舍作品精選：9

牛天賜傳【經典新版】

作者：老舍
發行人：陳曉林
出版所：風雲時代出版股份有限公司
地址：10576台北市民生東路五段178號7樓之3
電話：(02) 2756-0949
傳真：(02) 2765-3799
執行主編：劉宇青
美術設計：吳宗潔
行銷企劃：林安莉
業務總監：張瑋鳳

初版日期：2022年4月
ISBN：978-626-7025-74-1

風雲書網：http://www.eastbooks.com.tw
官方部落格：http://eastbooks.pixnet.net/blog
Facebook：http://www.facebook.com/h7560949
E-mail：h7560949@ms15.hinet.net
劃撥帳號：12043291
戶名：風雲時代出版股份有限公司

風雲發行所：33373桃園市龜山區公西村2鄰復興街304巷96號
電話：(03) 318-1378
傳真：(03) 318-1378
法律顧問：永然法律事務所 李永然律師
北辰著作權事務所 蕭雄淋律師

行政院新聞局局版台業字第3595號 營利事業統一編號22759935

定價：280元

國家圖書館出版品預行編目資料

老舍作品精選. 9：牛天賜傳 / 老舍著. -- 臺北市：風雲時代出版股份有限公司, 2022.03　面；　公分

ISBN 978-626-7025-74-1 (平裝)

857.7　　111000833